千万与春住

张欣 著

南方出版传媒
花城出版社
中国·广州

图书在版编目（CIP）数据

千万与春住 / 张欣著. -- 广州：花城出版社，2019.6（2019.9重印）
ISBN 978-7-5360-8874-0

Ⅰ. ①千… Ⅱ. ①张… Ⅲ. ①长篇小说－中国－当代 Ⅳ. ①I247.5

中国版本图书馆CIP数据核字(2019)第045224号

出 版 人：	肖延兵
策划编辑：	张 懿
责任编辑：	周思仪　杜小烨　周　飞
技术编辑：	薛伟民　凌春梅
封面设计：	苏　艾

书　　名	千万与春住 QIAN WAN YU CHUN ZHU
出版发行	花城出版社 （广州市环市东路水荫路11号）
经　　销	全国新华书店
印　　刷	广东新华印刷有限公司 （广东省佛山市南海区盐步河东中心路23号）
开　　本	880毫米×1230毫米　32开
印　　张	8　2插页
字　　数	162,000字
版　　次	2019年6月第1版　2019年9月第2次印刷
定　　价	35.00元

如发现印装质量问题，请直接与印刷厂联系调换。
购书热线：020-37604658　37602954
花城出版社网站：http://www.fcph.com.cn

若到江南赶上春,

千万和春住。

——［宋］王观

日常即殿宇

（自序）

　　小说这门古老世俗的技艺，大多数时候一直不温不火地存在着。长时间写小说的人，也只能不疾不缓徐徐渐进，因为这是一个长活儿，是耐力赛，着急反而难以成事。开始写的时候感觉肯定是一个爆款，结果却是雁过无痕，寂寂无声地淹没。这个时代，辛苦是不值钱的。

　　最初或者年轻时的写作，会格外注重人物、结构、事件，给主要人物设置障碍，呈现激烈的矛盾冲突，制造奇观性，写普通人在典型环境中的典型性格，写人物在平凡中的特殊时刻。

　　即使后来归隐派的作家一纸风行，也依然有着隐性的情怀。

　　似乎这一切才是最重要的。

　　然而时至今日，感觉写作中最大的难点竟然是最不起眼的日常。每每写到吃穿用度、衣食住行，就觉得深陷在重复、同质和一成不变的泥潭里动弹不得，喝的咖啡、进的饭馆、泡的酒吧要写出特色来，难度是非常大的。由于所有的事件都是在生活中产生或发生，那种在竹尖上拼剑、与老虎同船的状况终究是极少的现象,并非一种常规表达。而对于日常,我们再熟悉不过,可是在日常中妙笔生花,却成为一件难事。

《金瓶梅》和《红楼梦》里都写了许多日常,让人感到故事里面的真实与温度,以及深刻的敬畏与慈悲。那么琐碎的凡间烟火背后,是数不尽的江河日月烟波浩荡。

我们今天的生活中,由于粗鄙化、便捷化、网络化了许多时日,感觉到一种断裂和陌生。比如"白露"或者"立秋"应该吃什么,怎么吃;又如"六月雪"或者"无尽夏"到底长什么样,是在什么季节生长的植物,深究起来样样都是学问,写错了立刻产生出离感,直接影响到读小说的心情。

又比如老人和孩子完全是不同的思维、不同的表达方式,同样是男女之情,呈现方式可能南辕北辙,而我们会因思路的枯竭,为了简便而采用公共思维的方式加以描述,即使不出错但也绝无特性,既似曾相识又干巴无汁。又如送礼物,名门望族、富二代、直男、超级爱面子的人都各不相同。总而言之,凡事只要一具体就有许多考人的细节。写作期间,我曾写到一群公司同仁进了一家云南餐馆,喝了两瓶五粮液。我虽然不喝酒,但还是感觉到不对劲,后来又重新去了云南馆子,换成酸木瓜酒便比较妥帖。我们平时都觉得自己是生活大师,只有写小说的时候才会发现自己的苍白空洞。

作家叶兆言说:"小说不能通俗,是作家没能耐。……从某种意义上说,通俗是小说的必然,小说永远不应该是哲学著作。"就我个人的理解,通俗就是日常,而日常里的学问从来就没简单过,描述得恰如其分就更加不容易。

也只有日常才能够流传(不是传世,远到不了那一步),它是思想情感的肉身。这话我是听谢有顺老师说的,当时十分震撼,因为怎么跟他想的一样?或者他是一个思想者,而我刚写完一部小长篇,如同刚从战场归来的战士,疲惫艰辛,丢盔解甲,最大的感受就是书写日常时的思索和反复核对以及再三考量。他是怎么知道我们写日常的艰辛的?

犹如北京人的炸酱面和相声,上海人的咖啡和情调,广东人的例汤和早茶,这些不起眼的东西,居然打败了时间,打败了兴亡,打败了貌似雄伟的人生,具有想象不到的强大生命力。

相比起彪悍的英雄史诗、历史巨制和古今传奇,写好普通人的日常与命运,在文学日见庸常的今天,其中已经没有讨巧与迎和,所以,仍旧是一如既往的独自跋涉,或许是想在遮天蔽日的宏大叙事中杀出一条血路。

也就是说,镖鱼的一瞬间固然令人惊心动魄,更加让人感怀的则是几代人的默默守候。

日常和殿宇都是这个意思。

一

人都是很普通的。

当年，滕哲是同辈中被提拔起来的第一个，也是最年轻的一个正处级。领导对他的评价是少年老成，机敏稳重。并且，以他的中等颜值居然娶到校花。一时风头无两，前途不可限量。

然而所谓人生，不都是另有关山一万重吗？

滕哲终究也没有非凡下去。

二

满地的鞋子。

纳蜜的脸，微微绷着，神情淡淡的，就像丝绒的鞋面，平整、贵气。这个品牌的鞋子，丝绒平底款做得最好，是那种偶然扫见稍有惊艳的感觉。

服务员倒是一点也不嫌烦，左一双右一双地介绍，声线柔软亲切，单腿跪在地上为母亲服务，母亲显得颇不自在。她是穿惯地摊货的人，跑到名牌云集的太古汇买鞋，是犯罪好吗。

"太贵了。"母亲低头试鞋,忍不住对她耳语。

纳蜜假装没听到,继续陪着母亲试鞋子。

她喜欢宠着母亲的感觉,给她买金戒指,好让她在搓麻将的时候被牌友们惊呼晃眼睛晃眼睛;给她买美容白金卡,好尽可能抚平她脸上或者心里重叠交错的皱纹。母亲太不容易了,自父亲走后,她们母女相依为命,人生惨淡。天资不错的母亲,曾经文艺小清新的母亲,终于被岁月风霜塑造得粗枝大叶、庸俗市井,经常失度胡扯,说些有的没的,或者笑得花枝乱颤。一见到打折商品有用没用都会疯抢,买到便宜货就像捡到宝那么高兴。成为地摊之外随便到哪儿都被嫌弃的那种人。

服务行业的人见到她,就是三句话:没有加大码。这个很贵的。我们店全年无折扣。

好在母亲还有她。

她的确非常优秀。从小就是"别人家的孩子",学习刻苦认真,成绩永远班级前三;考试因为点错一个小数点会自责得想哭;放学以后做完作业就帮妈妈摘菜、拖地;星期天下大雨会跑回学校教室关窗户。

总而言之是那种叫大人放心的好孩子。

可是,架不住时代变了。

长大之后,她发现她这一号人并不吃香,简直就是生不逢时。

然而她的特点便是没时间顾影自怜,迅速调整好人生方向,锻炼出强大到混蛋的小宇宙。哪怕前程伸手不见五指,她也坚信会有开挂的一天。

只是让人难以置信的是,她这样一身休闲打扮,全身上下无一名牌,更没有拎什么会默默介绍主人品位的包包,还带着一个全身淘宝感十足的老人,服务员为什么还那么耐心呢?

为了若干服务员轻慢母亲,她没少恶语相向。

她看了一眼那个黄毛小丫头,并表示把鞋子包起来吧。

接下来她刷卡,埋单,不看母亲着急并想制止她的眼神。

走前,黄毛丫头双手把装着鞋盒的购物袋提到她的面前,交到她手上,小声赞许道:"夫人真是好品位,这双鞋断货三周了,今天就只进了这一双。"说完不忘莞尔一笑。

"你的气场好大。"黄毛丫头最后补充了一句。

明知道是恭维,听上去还是舒服。

舒服地花钱,是商业王道。

不过,夫人,哪门子的夫人。她一个人生活久了,记忆细碎而且绵长,这样子一个人进出,竟像数学公式一样固定下来了。

她已经变成了一座城池,外面的人进不来,她自己也出不去,固若金汤。

纳蜜回到家中,天已黑尽。

她的这套房子属于地段最好的高档小区,只有四幢深啡色的公寓楼,看上去貌不惊人,但是楼价奇高,管理到位。在任何房地产中介公司都看不到挂牌销售,只因有人出让,立刻有人全价购进,根本没有挂牌的空间。

一是闹中求静,二是有花园回廊、恒温游泳池。重要的是住客都是体面人,当年一套公寓的价钱足可以买城郊的一幢三层别墅,令许多人望而却步。

房子也有血统高贵这一说,因为从来就没有便宜过。

这样的东西无论多么过时陈旧,总让人有一种说不出的优越感。

纳蜜打开落地灯,这灯压根就没有设计,腰身笔直如一棵小白杨,头上顶一个大白碗——乳白色的灯罩,碗口向上,照天不照地,天花板上铺了一层柔光。屋里的人却是不晃眼睛的。

灯下的家具都是极简风格,禁欲系设计。

和落地灯并列的是一株盆栽的仙人柱,浓绿有刺,算是植物界的超模,瘦高而没有表情,忘记浇水也可以傲慢地活着。

客厅里有一面墙壁是高饱和度的莫兰迪色,上面孤零零地挂着一张风景摄影图片,并没有所谓让人惊艳的视觉冲击力,如同放大的最普通的明信片。只是下方有一行字标明:美国佛蒙特州。仅此而已。

丝绒质地的沙发上搭着松软的胖针织毯。

一看就是独居女人的偏好。

纳蜜把手提包信手放在地上,换了拖鞋,去洗了澡。

再来到客厅时,穿了淡粉色的棉质睡裙,由于洗得太旧,细软得像什么都没穿。真好,这是她每天最期待的时光。这样舒服地坐在面对阳台的沙发上,透过落地门的玻璃,她可以看到远远近近的灯光,这是城市的缩影,有一点点迷离和捉摸不定。

似乎又有无限的传奇故事。

如果是台风来临的坏天气，感觉全世界都在受难，唯有自己幸福地活在一个安全岛屿，随时都可以睡去。

秋风拂过，末尾处有一丝不为人察的寒意。

沙发一旁有一辆金色的酒吧车，上面立着挂着各种各样的酒，同时也倒吊着几个高脚杯。琳琅满目的感觉，是唯一富贵的点睛之笔。

茶几上，放着她昨晚喝了一半的二锅头，对，就是小瓶的红星二锅头。她熟练地打开一袋真空包装的红油猪耳，连酒杯都不需要，一边对嘴喝小二，一边用手提出油腻腻的耳丝放到嘴里，味道不是一般地好。

什么威士忌，贵腐，香槟中的大地之魂，装的时候自然得以它们为偏好。

还有手工切片的西班牙火腿、哈密瓜或者杏仁饼，这些套路版的下酒菜，她听都听烦了，只是般配，哪有那么好吃。

但其实，此时此刻才是对自己最深刻的宠幸。

龙虾也是，有什么好吃，就是贵嘛，领班会跑过来递名片。

母亲胃口大开，吃得满面红光。她看着她吃，心想母亲倒是一个简单到幸福的人，她身上发生的事，半点落到别人头上，至少也是愁眉不展。只有她吃得下睡得着，还很疑惑地问她，你怎么不吃？好好吃哦。

每一次见面的模式，基本都是先购物后吃饭。

纵使有些心烦，她也是不能跟母亲住在一起的。她们到底是两个世界的人，而且她也一个人住惯了。

刚才买完鞋子以后，便去惠食佳吃饭。

惠食佳是个小店，正宗的老广东粤菜。店面小小的，虽然侧立街边，然而车速稍微快一点都发现不了，也没有什么精致的装修，却仍旧不妨碍它门庭若市。里面的女服务员没有胖子，统一穿月白色无领偏扣的唐装，自梳女一样的打扮，脸上自带些许清高的冷漠。但不得不承认，服务还是相当周到、勤力的。

本来是去吃鸡汤烫鱼片的，滚烫的鸡汤把超薄的生鱼片烫熟，味道鲜美。

母亲说，请问有擦手的毛巾吗？刚才试了半天鞋子，当然要擦手。

服务员说没有。

可是隔壁桌上的客人，每一位手边都是雪白的湿毛巾，躺在白色陶瓷托盘上。

服务员解释道，他们点了龙虾。

这就是差别服务嘛，好的店就是有这样的细节。吃一盘蒜蓉菠菜需要用湿毛巾吗？成本本身就是利润。

纳蜜便道，那我们就吃龙虾套餐吧。

母亲马上就一副嫌贵的表情，刚想提出异议，被纳蜜用眼神制止了。

为了不丢面子，享受到雪白的热毛巾，人生都是因小失大。

父亲在政府部门曾经分管的那一大块资金，按照他指定的银行存款，因此得到二十万元的好处费，属于职务犯罪，判刑十二年，还没有坐满时日就离世了。

剩下张皇失措的母亲，方寸大乱，似乎跟好几个男人有过牵扯，无论是那些奇怪的男人上门，还是母亲满怀希望地跑去同居，结果都是无疾而终。随着年龄的增长，她身上的校花气质流失殆尽荡然无存。看到她越来越乖巧的神情，越来越会看男人的脸色行事，然后就没有然后了。纳蜜的心里就像插了一把刀。

却又没有任何办法。

最终母亲变成了纳蜜的一件行李，碍手碍脚又没法丢弃。

刚才跟母亲分开的时候，她叮嘱母亲参加朋友孩子的婚礼，要穿得简单整洁，不要红红绿绿地突出自己，但是包包和鞋子一定要讲究，份子钱更加不要纠结，不要让人看低了。直到把她送上神州专车，纳蜜还在喋喋不休。

她们是典型的母女角色倒置。

她这是有多想当母亲啊。

纳蜜扬起头来，又喝了一口小二。

瞬间一条火龙从嗓子眼直接蹿到心底，真心痛快。她喝酒，纯粹是为了助眠，从年轻的时候开始，她就神经衰弱。

在最深的夜，喝最烈的酒，忘了我是谁。

第二天清早，纳蜜醒来，先坐在床上发了一会儿怔。

然后才下床。

穿着朴素的外套去上班。

车也只不过是黑色的凯美瑞，过目即忘。她今年四十六岁，看上去是最普通的上班族，有一点年纪，有一点位置，脸上也有一点步步为营的沧桑。

她的人生也的确是这两年才开挂的。本来她在一所财贸大学教应用英语，半死不活，穷得冒泡。后来学校开辟出一块地方搞再教育培训基地，谁都不愿意去。人都是没有远见的，守着大学都没发财，成人教育的出路在哪里，根本就没有人知道。

系里动员她去，就是把她往外推嘛。

她也习惯了，从小就没有人重视过她。参加工作以后，自己从颜值到才华都不过平平，又不懂哄领导开心，谁还会把她当作一回事。

因为没人肯去，所以纳蜜在基地很快就担任了主要工作，也是承包人。

人最少的时候只有她和梁少武两个人。

那时候梁少武刚结婚不久，每天惦记着往家跑，恩恩爱爱你侬我侬。加班干活这种事，就落在纳蜜一个人的肩上。

基地的位置偏西，墙外有一条主干道，昼夜奔驰的都是些大货车，喧嚣而且尘土飞扬。培训大楼是一座五层旧楼，常年被粉尘袭扰，自然是灰扑扑的，也没有电梯。楼的后面是闲置的后花园，杂草丛生，衰败凄清。

据称这里也是因为常年租不出去，学校才只好自行消化。

闲暇的时候，纳蜜请了学校的花工，贴补他一些劳务费，和他一起重新修整后花园。梁少武不肯出力，不是坐在办公室里织粗线围脖贴补家用，就是在一些私营小店里接活，计件收费。少武的优点是贪财，怕老婆，缺点当然也是这个。所以原科室的人不待见他，把他踢到培训基地也是情理之中。他并不生气，整天笑嘻嘻的。

还说,纳蜜,你这个人哪都好,就是总挂个脸。

这里这里,这里还没扫干净。他总是一边织围脖还一边指指点点让人火大,到底谁是负责人啊。

你们系就是谁都不要看你挂个脸,才齐心协力把你弄到这来的。

纳蜜不理他,一直和花工侍弄后花园。当时的内心戏是,都已经这样了,生存环境总得搞好。当时她住学校的筒子楼,厕所伙房都是公共的,走道里堆满各家各户的杂物,每天就是伴随着笑声骂声吵闹声跳着脚走路,让人完全透不过气来。

既然基地备受冷落,打造一个自己的空间也不错。

当时谁又能想到,也就是在这几年,似乎是一夜之间,突然各种文凭、证书、本本儿变得吃香了,除了以前的成人教育、夜大课程之外,厨师、烘焙、会计、电脑、美容、月嫂、病人护工、按摩师、茶道花道等,只要能想到的全部有人教,有人学。总之每一个找工作的人,面试时不拿出若干小本本往桌上一摊,都不好意思开始自我介绍。

要学习,拿本本儿,就得有场地。

再教育培训基地虽然旧,但是干净整洁,现成的大教室。

还有漂亮的后花园。

主干道铺了柏油路,增加了多条公共交通线路。

变成了理想的学习场所。

最关键的是,再教育培训基地本身就是教育部门的分支,有开出各种文凭的途径和资格。这是独享的红利,外人手伸得再长也够不着。

要不就合作、协办。

比如某个模特公司，要求合开礼仪研修课程。

他们负责难度最大的生源和管理，纳蜜这头只负责师资、场地、教学流程。培养出来的学员中只要出了"华姐""亚姐"、明星、名媛佳丽，模特公司立马扩大包装尺度，大张旗鼓地宣传，号称自己是民间的北京电影学院，简称民间北电。

那么后继报名的人数就是病毒式增长。

其实一下子有钱的感觉并不是狂喜，而是让人有些眩晕，一时真假难辨。这时候梁少武就起到作用了，他这个人对钱比较有感觉，满脑袋花花点子。只要是赚钱的事，他还真是不嫌烦，反反复复地跟人讨价还价，从中得到不少利益和乐趣。

所以，尽管纳蜜是培训基地的主任，具体做事的却是梁少武。

纳蜜也落得清静。

只有两件事纳蜜是坚持的，先是有了钱，重新装修了培训大楼，在五层的基础上加盖了三层。外墙把原来土气的枣红色换成高级灰，并且加装了电梯。这样一来，整个感觉完全不同，不仅威严而且时尚。

大楼内部当时也算是斥巨资增设了电脑学习室、英文听力训练营、烹饪天地和走秀空间。搞基建就是流水一样花钱，花得梁少武肝颤，小声嘟囔了一句，有这个必要吗？纳蜜立马目光如炬，狠剜了他一眼，吓得他不再吱声了。

第二件事是不靠谱的培训，无论给多少钱都坚决抵制。

比如类似变相传销的培训、古典美人的培训，根本就是政治不正确，被取缔是早晚的事。这也表明在纳蜜心里，没有一天忘记自己是滕哲的女儿。

不能在清风自来的路上掉到坑里去。

事实证明,她所做的一切都是防患于未然。

再教育培训基地效益爆棚早就名声在外,互联网时代就是好事坏事都传千里。多少人跑到校长那去活动,去告状,想顶了纳蜜的位置。

校长岿然不动,只说,还就是滕纳蜜最适合这个位置。

而在纳蜜的记忆里,她根本没有跟校长说过话。

转眼之间,就到了培训基地。

纳蜜停好了车,准备去办公室。途经后花园时,由于南方的秋天并非滚滚落叶一派肃杀,反而中午的温度持续不减,各种花草便在凋零前疯狂盛开,粉红色的三角梅简直无处不在,绣球花开成了傻大姐,艳俗的羊蹄甲花不仅满坑满谷,还摆出各种迎宾的架势,一点矜持都没了。地上也是灌木纵横,杂草丛生。据称这几天花工家里有事回乡下了,果然后花园就变得不成样子。

纳蜜转身进了后花园,在工具房拿了修剪花枝的大钳,一通整理。

然后撑起花园里原有的大阳伞,在伞下拔草。

"又拔草了。"

听到这声音,纳蜜抬起头来,不过不用抬头她也知道是梁少武。只见他穿了一件黑黄间隔的T恤,远看近看都像一只大黄蜂,右手举着一根啃了一半的玉米。少武这个人无论有钱没钱,都是节俭度日,而且始终听老婆的话,孩子也出国留学了。他说包小三这种事谁不想,但是把钱花在这些人身上,不值。

到底是男人,他并不太显年纪,只是头发稍许灰白,但也从来不染。

他蹲下来,跟纳蜜谈工作上的事。

现在的培训基地已经有了二十多个工作人员,但还是感觉人不够用。所有人都被梁少武指挥得团团转,就像雇主绝不能看到保姆有一分钟的停摆。

自从培训基地变成了一块大蛋糕,少武的工作态度也发生了一百八十度的巨变,像狗一样地看场护院,忠心耿耿。一方面当然是利益决定行为;另一方面他颇为赞赏纳蜜的工作作风,凡事绝不管那么细,分权到位,让他拳打脚踢抡圆了干,同时给他的待遇、红利只多不少,令他充满成就感。

大伙都知道纳蜜主任的爱好是园艺,而且喜欢拔草。

如果要谈工作,不是在办公室,就是到后花园。

花气日影,岁月绵长。

这也是若干年前的事了。

那是一个渐渐夜色压肩的黄昏,纳蜜在后花园里拔草。这时的后花园里是少有的宁静,柳动蝉鸣,翠雾深幽。花工和培训基地的职员都已经下班了,纳蜜一直都很享受这种与花草单独相伴的时空,毕竟这块园地是她一手一脚打理出来的隔世净土。

这时她听到一个童声喊"妈妈"。

而且分明是狮狮的声音。

她回过头来，又四下张望，并没有一个人，没有。

而且她的儿子薛狮狮四岁半的时候，在百货商店走失了，应该是被人贩子拐走了吧。她和孩子的爸爸薛一峰找了五年，一点音信也没有。

找到现在，还是一点音信都没有。

狮狮三岁的时候，喜欢跟着她到培训基地来，大部分的时间他们会耽搁在后花园，便于狮狮奔跑和晒太阳。他们非常快乐，来回追逐。筒子楼毕竟太小了，生存环境恶劣，那时的纳蜜根本没有能力改变现状，甚至连幻想都没有，她能做的就是逃避现实。所以只要有空，就会带狮狮到后花园玩。

甚至，年轻时候的纳蜜，也不是没有一个半个调动工作的机会，但是一想到从此就没有了后花园，狮狮没有了可以奔跑的地方，她就下定决心放弃那些所谓的机会。

狮狮的叫声清脆稚嫩，但在夜色沉沉的黄昏显得甚是萧疏。

令纳蜜万千情丝化作两行清泪。

从此，落下了拔草的癖好。

三

空气里弥漫着一股胡萝卜炖羊蝎子的香味。

父亲家的实木餐桌旧旧的，配两把蜡黄的藤椅，一点都不搭。餐桌上端的一只羊皮罩吸顶灯，虽然是有些年头的讲究物件，架不住岁月如梭也是昏灰暗淡满眼尘霜。然而父亲坚持不肯换新东西，他讨厌一切新东西。

到了这把岁数，夏语冰心想，她说的是她自己，终于有了一点理解他人的能力。

老年人就喜欢生活在陈旧中。

而且所谓的贵族，最高的识别密码也不过一个"旧"字。

星期天的中午，秋日的阳光开始变得和顺，从窗外投射进来，照在餐桌上。眼见着父亲和儿子，这爷孙两人围坐在餐桌前，一人一只透明的一次性手套，都在全神贯注地啃羊蝎子。语冰不吃羊肉，但也像自己吃了一盆酸菜鱼一样心情舒坦。

儿子是个厨师，对烹调食物有着先天的灵感，什么食材到了他的手上，变戏法一样香喷喷地端出来。家里的保姆何姐姐也是心甘情愿地给他打下手。

何姐姐的厨艺不差，年轻的时候颇有几分姿色。部队大院的保姆比着往丑里找，只有特别强调体面的母亲肯接纳何姐姐，所以何姐姐知恩图报，做事非常勤力，时间长了，就和家人一模一样。

儿子最擅长的是做日本寿司，目前也是在珠江新城高级日料富田菊饭店上班。

父亲是军人出身，不喜欢日本餐，感觉淡而无味。都不知道在吃什么。这就是他对日本料理的评价。

两年前，母亲走了，语冰决定从美国回来陪伴孤独的父亲。

儿子虽然是在美国长大的，但是他选择不离开母亲，他并不是妈宝，只是小时候就有一点轻度的自闭。优点是安静，缺点是太安静，不太喜欢与人交流。直到现在，他的爱好也是可以独自完成的，比如爬山、潜水。他似乎很享受一个人面对自然的体验。语冰的职责就是引导他尽可能地合群。

儿子只有二十一岁，称得上面若冠玉，目如朗星。一看就是国外长大的干干净净的男生，因为那一点点孤独，他显得光滑、冰凉，呈现出半透明的晶莹剔透。

是雪后初霁的颜色。这就是青春。

十六岁的时候，儿子决定放弃上学读书，正式拜师学习厨艺。这让语冰既震惊又纠结，按照她的想法是要把儿子培养成博士后。尽管她知道儿子对上学没有兴趣，老师也反映他不与同学交流，总是独来独往。尽管她也知道儿子并不快乐，但是语冰都没有特别放在心上，想到孩子大了，终究会走上精英这条必由之路。

她开始跟踪儿子，发现他放了学，就会去他们家附近的一间日本料理店，隔着玻璃，看着一个日本人模样的师傅做寿司。儿子可以一站两三个钟头，聚精会神。

儿子小时候，无论什么玩具，拿在手里最长时间不会超过二十分钟。

语冰想了三天三夜，决定同意儿子的想法，休学，学习厨艺。

而她工作之余，要拿出更多的时间，不仅陪伴孩子，还要教他文化课。

儿子盯着看的那个做寿司的师傅叫作久保桑部，是日裔美国人，其父亲就是这家日料店的店主，加州卷做得远近闻名。据称，二十世纪七十年代，加州涌现了第一波寿司餐馆浪潮，主要是针对当时一百万日裔美国人。为了让非日裔的美国人也能接受寿司，早期的日本师傅会用牛油果代替美国人接受度比较低的刺身，还把紫菜卷到寿司中间。改良后的寿司很快在美国流行开来，于八十年代传回日本，取名为加州卷。

也就是说，正宗加州卷的手艺人是在美国。或许久保桑部的父亲就是早年开发加州卷的师傅之一，也说不定。

久保那一家人是很有匠人精神的，交谈中，语冰发现他们对于认知和参悟日料的精髓颇有一套自己的见解，说起来滔滔不绝。他们也很喜欢语冰的儿子，给他起了个日本名字叫小桑，他们总是恭敬地叫儿子小桑君。

儿子的美国名字叫乔治，日本名字叫小桑，他的中国名字周鸿儒，简直无人问津。

鸿儒在家里用白布蒙住眼睛切食材练习刀感，这些不可思议都是通往匠人厨师之路的标配。在语冰的记忆里，年轻的儿子永远都在家里宽大的案台前切切切，直到手都抬不起来为止。手上刀伤不断，最严重的一次缝了六针。

他一筐一筐地切黄瓜。语冰到现在都是不吃黄瓜的，看到就想吐。

不仅如此，还要不断地抛米抛沙锻炼臂力。语冰用正宗的新加坡金狮子油给儿子按摩肩膀和手臂，眼泪都掉下来了。

"我们家鸿儒，就是老爷子的一贴药啊。"听到何姐姐在身边轻声感慨，语冰回过神来。何姐姐又道："就这两年老爷子才真正开脸，以前哪里笑过。"

语冰没有说话，神情也是深以为然。

她带儿子从美国回来之后，鸿儒经常陪父亲散步，父亲则教鸿儒写大字练书法。他们在一起的时候话都不多，有时谁都不说话，但是情感交流十分契合。

这让语冰的内心颇感安慰。

这时何姐姐压低嗓音道："你知道他们每个星期天下午都去干吗吗？"

语冰侧头看了何姐姐一眼。

的确这爷孙两个人总是神神秘秘，用眼睛交流，重复的说法是去白云山走走。

完全不会引起语冰的注意。

何姐姐道："他们是去过去部队的靶场，那边没有人，鸿儒教外公开车玩。"

语冰暗自吃了一惊，但也没有大惊小怪。

虽说父亲是八十岁的人了，肯定不是为了驾照，不过这个玩法也挺让人意外的。

不过鸿儒虽然年轻，但靠谱到几乎一根筋，是让人放心的孩子。

就由着他们去吧。

怪不得前段时间，鸿儒要换吉普车，语冰还觉得奇怪，他一直是喜欢电车的，从来没喜欢过颠屁股的吉普车。最终还是把皇冠换成了大红色的牧马人。

中午，语冰吃的是炸酱面。

配菜分别是豆芽、黑木耳、卷心菜丝和鸡蛋皮，这些菜放在手擀面上,再拌上炸酱,色香味俱全。何姐姐做面食做得出神入化。

两点多钟,爷孙两人又"情投意合"地出去了,何姐姐一个人在餐桌前剪香菇梗。一大堆香菇摊在桌上,何姐姐戴着老花镜慢条斯理。语冰坐下来,也拿了把厨用剪刀跟她一块剪。其实语冰哪有那么闲,她现在在一家大型外企上班,工作量还蛮惊人的,根本不能想象可以有这样闲适的日常。只是,父亲太不爱说话了,只有何姐姐有时还会情不自禁地说一些母亲生前的事。所以无论是剥花生还是摘豆芽菜,语冰都会凑过去坐一会儿。

人都是这样,亲人走了,便生出万般柔情。

母亲年轻的时候是个美人,也是一个标准的官太太。父亲虽是一介军人八面威风,但是惧内,一直很宠母亲,养成她说一不二的性格。当然最重要的是她有文化,有品位,又是资本家出身,要不是父亲的庇护,哪有可能一生无惊无险。

当年,母亲给语冰指定的男朋友是省委副书记的儿子高潮。

高潮他们家的家风堪称楷模,高书记当时负责公安、司法这条线,要是像现在这样,收礼有得收了,但是高书记是老革命,真的是两袖清风。高潮在部队当兵,还是陆军,摸爬滚打吃尽了苦,当然提拔得也很快,是没有争议的干部梯队排头兵,红色接班人。

有一次高潮回家探亲,语冰去省委大院找他。

到了他家去到他的房间,看见高潮正在桌前读"毛选",当时就给惊着了。不是高潮就不能读"毛选",主要是回到家,又是休息时间,就不能拉拉小提琴,听听贝多芬什么的,那时候的干部子女不都那样吗?看内部电影,买紧俏商品,找个地方去蹦迪。如果以后两个人真的生活在一起了,难道节假日两个人一起读"毛选"吗?这就有点恐怖对不对。

后来语冰跟着朋友去了现代舞团的排练场。当年的现代舞还是一个新生事物,就是谁都看不懂的群魔乱舞。但是语冰觉得自己可以从中感受到青春的不羁和躁动,对她有一种特殊的吸引力。

舞台上有一个男舞者非常出挑,一张没有血色的苍白的脸,瘦高的个子,身材如雕塑一般完美。他叫沈随,来自云南的少数民族,却一点也不土气,反而有着纯粹西化的敏感气质,根本就是天外来客,不食人间烟火。沈随的出现,对于夏语冰来说简直是平地一声惊雷,只要他出现在舞台上,语冰就没办法呼吸,目光像追光一样紧随不舍,所有的群舞都是独舞,再热闹的舞台都只有沈随一个人。

后来在一次聚会上,两个人认识了,语冰也未见得就是花痴。她也是内心骄傲的女孩,探讨最多的还是现代舞的舞蹈语汇,怎么表达才更接近艺术。

那时候,他们是两朵云,两排浪花,互相追逐的长风,是两团火焰。

是一双璧人,是这个世界任何力量都拆不散的一对情侣。

年轻人都苦闷,沈随是因为演出的机会稀少,整个社会都不理解现代舞。语冰感觉跟高潮半点共同语言也没有。

所以他们同时也是两个麻烦,两个不知天高地厚的家伙。

人年轻的时候,荒唐就是深刻。

两个人决定出走，各自给团里和家里留了一封信，就说走了，不用找了，找也找不到。现状让他们透不过气来，他们要冲出桎梏，自由翱翔。

语冰知道家里有一个抽屉是放钱的，平时也不加锁，需要用就从那里拿。她拿走了钱，把信也放在那个抽屉里。当时她在读大三，现在想来这也是多么疯狂的举动。但那时她觉得自己勇敢极了，而且是天经地义的事，因为她平生第一次了解到什么是爱情。

以往，因为她的漂亮、阳光和直爽，当然还有聪明和家世，身边总是围绕着不少优秀的男生，包括高潮，也是形象伟岸，虽然皮肤黝黑，但是眼睛雪亮，极具男子气概。不过语冰跟他们玩在一处，总感觉可以称兄道弟变成哥们儿。真正让她动了男女之心的还是沈随，只有沈随是结实又柔软的，冷峻又温厚的，有着天生的超凡脱俗的忧郁气质。

第一站，就去了梅里雪山。

沈随说他那里有朋友。

他们手拉着手，坐着绿皮火车，坐着比牛车还要慢很多的长途汽车，直到徒步，行走，不断地行走，可是一点都不觉得疲惫，不仅不累，反而前所未有地轻盈、虚幻，仿佛梦游。有时候，你没法解释爱情的力量。

他们跟着沈随的朋友，在山下住了十多天，也没有看到神山的面目，只是感觉到一种说不清道不明的旷远和神秘。

只有入夜后，待月亮落至梅里西坡，满天的繁星格外明亮耀眼，与雪山相应而动——静得蛮荒，凛冽而又秀丽深邃。

沈随便在星下缓缓起舞，只有梅里雪山配做他的舞台。

离开梅里的那一天，经过一处山坳，语冰从车窗里随意向外看了一眼，余光突然被右侧的场景吸引而去，犹如老拳重击，她足足停顿了几秒钟才惊呼出来——在毫无思想准备的情况下，神女峰缅茨姆出现了，巍峨端庄，风华绝代。

主峰线条一泻千里，如银河瞬间倾覆，既锋利又洒脱；雪坡神光闪耀，恰似旋转开来的裙裾，仪态万方。一时间，语冰张口结舌，失聪失语，胸口有微弱的窒息感。

那就是缅茨姆美的震慑力，傻傻看着就好。

天空一片云也没有，醉蓝，透明。

近一些的山梁上，有棵大树，静静守候在缅茨姆旁边。语冰和沈随相视一笑，这样的景观分明就是他们的写照。

他们看着雪山喝茶，发呆，任由时光凝固。

在一起也是自然而然的事。沈随的身体像岩石一样坚硬，柔韧度犹如把握不住的细沙，虽然清瘦，但他的力量如雪峰压顶，力量控制又是一种身体自觉。和他在一起，即便是在床上，也不过是另一种现代舞的呈现，令语冰如醉如痴。

语冰完全不知道，在她的身后，是父亲给各军分区打去的无数个电话，希望能够尽快地找到她。

因为母亲病倒了。

母亲是一个好强的人，一方面没法跟高潮的父母交代，另一方面这在常人眼里终究是一桩伤风败俗的事，是熟人饭桌上扯不完的闲话。

于是母亲精神恍惚，一次在厨房，穿着拖鞋带倒了一只暖水瓶，瓶胆破碎，一百摄氏度的沸水烫到脚面，吓得何姐姐哇哇大叫，一通慌乱。但是母亲面无表情，似乎完全感觉不到烫伤的痛。后来紧急住院，还从腿上植皮才养好脚伤，前后花了一年多的时间。这令深爱母亲的父亲既伤心又暴怒。

语冰记得自己最困难的时候给家里打过电话。

是父亲接的。她说不出话，眼泪流下来。

父亲知道是她，平静地说，你愿意怎样就怎样吧，只是不要让我看见你。

然后轻轻挂上了电话。

父亲是因为太爱她才如此失望的。

这时，何姐姐起身道："今晚做香菇冬笋焖土鸡，每次做这个菜，阿姨都要说我们冰冰最爱吃了。"

语冰心酸，脸上只能委婉地笑笑。

这些年过去，母亲的房间厚门紧闭，里面一切如故。

只是语冰一次都没有进去过。

四

偶尔，在办公室工作得累了，薛一峰就会站到窗前去喝茶，举着一只粗笨的大肚子陶瓷杯，喝一点大树叶子的熟普，颜色深如墨汁，口感却比较柔滑。

窗外也没什么可看的，只是休息一下眼睛。

自己这边是高楼，对面也是高楼。这边的楼下是平地喷泉，完全不挂相，只是地上有几个洞眼，喷的时候高高低低错落有致，不喷时便是平面广场，人们例牌来去匆匆。对面的楼下是两只耀眼醒目的金狮子，守护着阔大的旋转门。

一眼扫过去，薛一峰看见楼下的喷泉未开，而是少有地停着一辆警车。

他完全没有当作一回事，继续喝茶。

这一带属于黄金地段，比肩而立的全部都是优质甲级写字楼，楼体追求豪华，几乎一模一样地傲视群雄，楼下也是各种小心思。

薛一峰在一家美国驻华全资公司上班，具体负责政府关系，就是来到中国的外国公司，无论新老，也无论资本是否雄厚，总有相应的行为要与当地的政府协调沟通，否则处处掣肘，生意既做不好也做不大，还有可能做死。

薛一峰的工作完全称职，终日勤力地在公司和相关的政府部门之间跑来跑去。所以他的穿戴相对休闲，但也都是大品牌，质地与做工优良，而绝不会一身优衣库风。他并非那种泡枸杞水或者吃各种补品的养生党人，不可能太胖，脸颊清晰，目光温和，头发微带灰白，面容略显沧桑。这样的人如果握住你的手深情凝望半秒钟，是不是非常令人难忘，至少对他的要求没法断然拒绝。

大家都对他印象不错。

他在公司里的提拔也很快，手下有一干人做文件、跑腿、构思与政府共同做活动的文案等，跟出产品的部门以及销售部门一样活跃。他目前享受单间的办公室。

有人敲门，薛一峰说了一声"请进"。

回过身来，便看见两位穿制服的警察已推门进来。

他的表情瞬间有些诧异，脑筋迅速转了两圈还是无解：跟政府一直是单向联系，政府是从来不找他的呀。

而且还是警察，会有一些不好的联想。

玻璃门外是隔成方块形的连片办公室，不少员工情不自禁地往这边看，黑人问号脸。薛一峰顺手关闭了百叶窗帘。

薛一峰简直不敢相信自己的耳朵。

刚才警察说，他丢了十六年的儿子薛狮狮可能是找到了。当然警察说话都是小心谨慎的，他们先是跟他核实各种资料各种情况，而这些资料和情况他倒背如流，并且因为跑政府关系的特殊位置，以往，只要有半点缝隙，他都不忘插入狮狮丢失的所有线索。类似"宝贝回家"这样的民间网站或组织，他也与之混得熟如家人，甚至这些人过来办事，他都尽可能地热情招待。

冥冥之中，总觉得老天爷会因为他的心诚而开眼。

其实两个警察像对口词一样说了好多话，但是薛一峰感觉自己脑袋嗡嗡直响，如同机器坏掉了，什么信息都不接收。

他只是做出专心的样子，还一个劲地点头。

好像他什么都明白似的。

还是人家主动留下了联络方式。

待警察走后，薛一峰还是呆坐在接客区的沙发上，他大脑空白，也只有茶几上的两杯早已不冒烟的清茶，证明刚才的确有人来过。

片刻，他飘然而起，走过去把办公室的门反锁。

再次走至窗前，楼下的警车早已不知所终。

各种俊男靓女川流不息，对面楼下的两只金狮子仍旧在阳光下闪闪发光。什么都没有改变，满天的棉花云。

高楼与高楼之间的天际，仿佛手绘版蓝天白云的屋顶。

他捂住嘴，慢慢蹲下身子，几乎是号啕大哭。

他的人生因为这件事，被彻底改变了。

狮狮在百货商店被人拐走之后，他和纳蜜的关系降到冰点，本来还有一些矛盾可以争吵，孩子丢失之后，直接进入冷战。

他抱着自己的枕头和被子，睡在狮狮的单人床上。

两个人可以一两个月不说一句话。偶尔讲话，全部是因为寻找狮狮有了线索，然后两个人直奔线索而去。此外，真的就是一句话都没有。为了不交流，都选择了在各自的单位吃三顿饭，省略了"今晚我不回来吃"或者"请把咸菜递给我"这样的废话，而且相对无言的痛苦是一种高压态势，随时可以让人抓狂或者原地爆炸。

离婚以后，情况并没有好转。

哪怕是离开了大学，重新找了工作。

哪怕是切断了所有过往的关系，让人生重新开启。

他可能是患上了成功障碍症。就是一件事情，本来好好地发展，一切顺风顺水，花好月圆，待到离成功只有一步之遥，他突然就像换了一个人，脾气暴躁，各种无理取闹，为很小的事大发雷霆，然后把自己变成吃亏受害的一方，忍受着无尽的烦恼和怨恨，直至成为精神崩溃的终结者。

薛一峰离婚后谈过两个女朋友，都是白富美，也都迁就他。

前期都是腻在一起正常得要命，一旦谈婚论嫁，薛一峰就画风大变成为妖魔鬼怪，越让着他体谅他就越不可收拾。

直到没有然后。

其实他是明白自己的——他就不配得到幸福。

孩子都丢了，幸福只能造就他的痛苦。甜甜美美，你配吗？狮狮现在在哪儿呢，吃饭了吗？有地方安身吗？一看见类似"黑砖窑"或者"虐童"事件，他立马就联想到狮狮身上，无形中负担各种戏码，日日夜夜在脑袋里全演一遍。

有一次他升职加薪，总可以高兴一下吧。

约了部门同仁晚上去吃云南菜喝酒狂欢，偏偏下午时分，在办公室的窗前喝茶，那两只金光闪闪的狮子似乎在提醒他，狮狮，你找到了吗？

你喝酒，你爽了，狮狮呢。

你赎罪都来不及，还敢高兴。

那个晚上他一直逢场作戏，点了十菜一汤，什么景颇鬼鸡、松茸炒腊肉、菌王汤、鲜花炸蛋等，主菜是石锅蒸汽鱼，钱鱼配酸木瓜酒，喝得停不下来。然而精神上根本尸位素餐，神不在场。拉着每一位同事的手哭着说，请别离开我。

有人敲门。

不理。

隔了好一会儿，又有人敲门，还伴随着貌似轻声其实谁都能听到的呼唤：

"薛政府，薛政府，你没事吧？"

像叫魂一样，烦死了。

但是薛一峰还是赶紧整理了一下情绪，起身用巴掌干搓脸两圈，感觉一切正常之后，拿起衣帽架上的外套，打开门，板着脸谁也不理，旋风一般地离去。

电梯的门缓缓地关上，两侧门相间的距离大致还有一拳的时候，一只男人的手伸了进来。随即电梯的门又打开了，上来的人是梁少武。

"不好意思。"他说。

当定睛认出薛一峰，少武还是有些意外，却也不失礼节地说道：

"滕主任在上面，刚拔完草。"

"哦，我刚才电话联系过了。"薛一峰客气地答道。他开车来培训基地之前，和纳蜜通了电话，说有要紧的事面谈。纳蜜还嘀咕了一句，什么事不能电话里说。但还是叫他直接来再教育培训中心大楼的六楼。

当然不能在电话里说，说不清，必须见面说。

他刚才一边开车一边戴着蓝牙耳机联系好纳蜜，心想。

而且有些事就像蒸包子，一旦跑了气，谁知道会变成什么情况。

梁少武还带了一个年轻人上电梯，眉清目秀干净得不像话。梁少武解释说："这是我们请的烹饪老师，教日本料理的小桑君。"

小桑君向薛一峰点头示意，脸上似笑非笑，很让人喜欢。

他们两个人在四楼就下去了，只见小桑君还回过头来，冲着薛一峰拉了拉自己的衣领。就这个动作，薛一峰马上意识到自己的衣领出了问题，果然有一半卷在衣服里面。待他整理好衣领,电梯已经到达六楼。

纳蜜听到消息后的反应,跟薛一峰想象的完全契合。

惊得下巴掉下来。

怔怔地老半天,才低声问道:

"现在人在哪里,我是说狮狮,他人在哪里?"好像声音一大,人又没了。

"山东,青州,王庄。"

"王庄,这是地名吗?"

"怎么不是,枣庄,铁道游击队。"薛一峰对北方也不太熟悉,除了铁道游击队,还知道山东出过一个圣人叫孔子。

人一遇到事,发现自己的知识库存好贫乏。

昏天黑地地上网,有的没的知道那么多,跟自己一点关系都没有。

"是个什么人家?"纳蜜声音都抖了。估计和他一样,害怕听到黑砖厂黑煤窑什么的。

"本家肯定姓王,这个我记住了,据说是个老实人,一家人是老婆做主,女主事,就是我们说的事头婆,名字叫邓小芬。"

纳蜜瞪着猎鹰一样的眼睛,寒光刺目,示意他往下说。

薛一峰继续说道:"邓小芬和老王有两个孩子,老大是女儿,叫王美华,老二是儿子,叫王大锤,狮狮在他们家是老三。"

"他们家有一儿一女干吗还买孩子?"

薛一峰半天不吭气,也不看纳蜜,做了好长时间心理建设,才尽可能语气平缓地说道:"当时是有一家人要买男孩,但要三岁以下的,看见狮狮,虽然个头小但还是嫌年纪大,四岁多都记事了,不肯要也不付钱。人贩子就把狮狮扔大街上了。邓小芬看孩子没吃没喝在大街边上站了一整天,实在可怜,就领回家了。"

"他们怎么知道狮狮四岁多?"

"狮狮自己说的呀,问啥说啥什么都知道,哄不住了。"

纳蜜哽住了,眼泪奔涌而出,半天才说了一句:"我要给邓小芬跪下。"之后把脸别向一边,狠狠地把眼泪擦去。

"狮狮现在的名字叫王大壮。"

纳蜜愣了一下,脱口而出道:"疯掉。"百般嫌弃地摇了摇头。

薛一峰告诉纳蜜,人贩子是河南人,后来金盆洗手不干这一行了,变成和蔼面善的老头,过着太平日子。但还是在打拐专项整治运动中被人认出来,他坦白经手的案子里,其中之一的手法就是挑热闹的节假日,在百货商店混在促销的活动里,戴着米老鼠或者红鼻头小丑的面具,和小朋友一起玩,一起躲猫猫,然后把看上的孩子放在一个装电器的空纸盒里,一下就变没了,孩子拿着彩虹棒棒糖,不哭也不闹地配合演出。

通常是挑独自带着孩子的妈妈下手,因为女人买东西的时候会更耐心更专注,偶尔瞬间会忘记孩子的存在。

的确,纳蜜至今记得,她是在挑电饭煲。当时已经有日本进口的电饭煲,贵得惊人,她多看了一眼,也就是三到五分钟的时间,她的灭顶之灾从天而降。整整一层楼的电器世界充斥着不同厂家的营销促销,各种表演和展示,还有强大的音响效果配合烘托气氛。但是她的薛狮狮再也找不到了。

每当想到这一天,纳蜜就会形容是凌迟一遍。

现在她面色土灰,嘴唇暗紫没有一点生气。神情是就算犯了滔天大罪,这样的惩罚也可以了吧。一种横下心来的冷峻。

接下来他们开始在电脑上查票,买飞机票、火车票,订宾馆、酒店。

因为公安干警说本周五可以赶到山东青州见孩子。

只有做这件事的时候,他们仍旧像其利断金的一对夫妻,有商有量,互补和谐。第一站飞到青岛,然后转高铁去青州。

天彻底黑了下来。

纳蜜看了看手表,公事公办道:"一起吃个便饭吧。"

薛一峰想了想:"白天的工作什么都没干,晚上还是要加个班。"

纳蜜也没有勉强。

两个人一起去了停车场,两辆车一南一北,分头绝尘而去。

薛一峰才不需要加班,他只是不愿意和纳蜜吃饭。

说什么?除了孩子的事之外,他们几乎无话可说。

好难想象,他们当初也曾经爱得如胶似漆,他一直很喜欢纳蜜年轻的时候,一副认真、懂事的模样,绝不会作天作地,给人超踏实的感觉。

大学时期,全班的男同学里面有十三个人喜欢夏语冰,只有他觉得不起眼的纳蜜还好。

哪里会想到纳蜜是披着羊皮的豹子,主意大得惊人。

而且女人是会变质的。

就像刚才,他说想到四楼看一下各种培训班的火爆情况,也长长见识,纳蜜的嘴角就显露出一丝不易察觉的阴笑。我就知道你想去看车模培训对吧。她说,然后横扫他一眼又说,这一期的车模出奇地高挑美貌。

一峰但笑不语。

她就是这个样子,男人都是色魔,女人,无一例外地都嫉妒她。

所以败胃口,他怎么会跟她一起吃饭。

他其实是想去看一看小桑君。如果他没记错的话,梁少武说过他叫小桑君——那个电梯里的干净男孩。

没有什么为什么,就是一念之间。

有的人就是有让人非常想亲近的魔力啊。

于是,一峰跟着纳蜜去了四楼。可以说每间教室里都热火朝天地传授着知识、技艺,上演各种实战训练,很是当今中国的现实缩影——在家磨刀,出门赚钱。

烹饪教室之手工厨房里相对安静,不到二十个学员,每个人一张独立的料理台,其中包括水槽、电磁炉、炊具和各种调料等。小桑君站在台上,他的料理台格外大,他已经换上了雪白的工作服,一张脸衬得眉青唇红。

小桑君在教日本料理中的厚蛋烧和加州卷,灵动修长的手指,侧脸的轮廓线条既柔和又刚毅,鼻梁挺拔,他既是天然的谦卑模样,眼里却有星芒。一群师奶妈咪模样的女人跟着他学做料理,还有妈咪撒娇道,这个蛋皮我怎么都搞不好啊。

厚蛋烧的蛋皮有三层,后面的蛋液未成型,又怕前面的一层煳掉,里面还要放上云南的牛肝菌,据说独特的香气与爽口清淡的厚蛋烧很搭,是小桑君在中国的发明,也特别容易让人手忙脚乱。

在四楼的走廊上,梁少武叽叽咕咕地跟纳蜜说事。

薛一峰倒希望他们说得久一些。

小桑君的话很少,自带呆萌的脸上偶尔露出浅笑,但这就够了,足以让妈咪们毫不掩饰地喜欢他。

他也好喜欢他。

因为课堂上的小桑君,不仅教怎么做寿司,他还说,做寿司的时候要专注、守静,不想过去和未来,也没有期待和追忆,就是在当下的震动频率里,身心完全一致,气肌循环顺利,只有这样才能保证心流的和缓、平稳,做出的食品才能保持本真的样子,会留住食材独特的味道。

不知道王大壮目前长成一个什么样子。

回家的路上,有些塞车,薛一峰鬼使神差地拨通了前女友的手机,就是那个白富美之一,他们很相称,全怪他自己把事情搞砸。他也不是想怎样,这样的傍晚如果有朋友陪伴吃顿饭,扯些有的没也是好的吧。

那边的彩铃声是《我有一段情》,歌曲差不多都要播完了,才有一个男声听电话。号称是白富美的丈夫,目前妻子在坐月子,所以他负责听电话。薛一峰马上恭喜,问是男孩女孩,男声说是小棉袄。薛一峰有点夸张地笑,说一定和妈妈一样漂亮。又解释自己只是白富美的同学，打电话慰问一下。说得云淡风轻。

另一个之一还是不打了。到处都是温柔的炸弹，移步易景，谁还在原地等你不成。

薛一峰停好了车，在小区附近的一家小型客家餐馆坐下。木制的桌椅，每张餐台上方都有一盏柔黄色的吊灯，营造出一种住家氛围。

他点了一个蛋饺煲和一碟铁板酿豆腐，津津有味地吃了两碗饭。

离他最近的那张大台，看上去是一家人出来聚餐，台面上的各位说话的说话，看手机的看手机，两个男孩子不理大人的训斥，绕着餐台追逐打闹。

清静惯了的薛一峰居然有一点眼热。

内心深处，还是觉得没有家的男人就是一条野狗。

五

你确定吗？滕哲问道。

她点了点头。

滕哲开始掏裤兜，把钥匙、钱包之类的东西递给校花妈妈。又问了一次，你真的确定吗？纳蜜用力地点了点头。人到了半空中会倒立哦。滕哲吓她，但还是拉着她的手向前走去。他的手好大，干燥温暖。

纳蜜至今清楚地记得，她八岁的时候，父亲第一次带她坐疯狂过山车。

那时候的游乐场人并不多，因为那时候的人穷，什么都嫌贵，钱花出去没换回看得见的东西都是败家子作风。玩一下要花那么多钱，说是国外引进的设备，还是想不通，要等到多几个人买票才肯开动机器。所以那时候的纳蜜从心里佩服父亲，感觉他是有见识的人，不会只顾吃喝用度，必须领教新生事物。

父亲腰板笔直，眼睛像黑葡萄一样，总有一撮自然卷的头发耷拉在额头，长着一张有才华的脸，因为脖子有点长，更显得神气活现。

后来就疯狂了一把。

其实父亲的平衡机能并不好，两个人下了过山车，纳蜜没什么事，只是饱受惊吓之后有些亢奋。父亲却是脸色铁青，他昏沉沉地指了指嘴巴，表示想吐，于是摇晃着蛇步向公共洗手间走去，还险些进了女厕所。纳蜜大叫，校花妈妈反而发出银铃般的笑声。每每想到当时的情景，纳蜜都会莞尔。

父亲说过，人生就像疯狂过山车，没有谁是可以战胜自己的，都会好奇、贪婪、自作聪明、失控变态，不是这样还能怎样。唯一能做的就是学习接受。所有的事，做了，就不要对后果暴跳如雷。

同时父亲又是最好的践行者，他病重的时候，家人被允许探视。见到纳蜜，他什么都没说，只是嘱咐纳蜜照顾好母亲。她那时才多大啊，但她感受到父亲信任的目光。

纳蜜醒了，是凌晨的时候。

她刚才梦见,在培训基地的花园里,花草枝叶都刚修整过,冬青树什么的还剪成一本打开的书的形状,挺括一新。很像一个刚从理发馆走出来的人,无论男女都傻头傻脑的。她在花园里并没有等到狮狮的呼唤,却碰到了父亲。父亲还是当年的样子,而她简直比父亲还老。她对父亲说道,你只是走出了时间,可是我无论如何都改变不了宿命,我也和你一样,要用自己的人生承担全部的后果。

她的眼泪流了下来。

父亲却是一张扑克脸,看不出忧喜,只是掏出手帕,给她擦了擦眼泪,便转身离去。叫他是不应的,头都没回。

然后她就醒了,枕头湿了一片。

昨晚她根本睡不着,喝了好多单一麦芽的威士忌,这种酒号称助眠神器,把人变成沙包,重重地倒下去,应该是下半夜的时候。

现在明显感觉到头沉头痛。

她终于可以打开尘封的照片簿。

在此之前,她从来不碰这一类东西,因为里面全部都是她既思念又无法见到的人,还有岁月。似乎又记录了她全部的悲伤和罪恶。人生没有如果。

纳蜜决定不去上班了,她给梁少武打了电话,尽可能没有情绪地交代工作。

还是头痛,两腿发软。

她瘫坐在沙发上,身上一点力气都没有。发生了那么大的事,她的身心都备受折磨,像极了刚刚从战场上下来的战士。

她打开相册，父亲，永远是那么年轻。

狮狮也停留在四岁，那时他们一家三口看上去还是非常体面幸福的。每个家庭都有这个时期的照片，年轻的两口子脸上还带着青涩，挤在他们中间的小孩，眼中却充满好奇的童真稚气，淡定地来到这个世界，让人感觉生活充满希望。

在相册里，也不可避免地，要与年轻时期的夏语冰相遇。

她记得夏语冰是小学四年级的时候从外地转学过来的，被分配与她同桌。现在想来，如果不是同桌，她们也不可能有后面的故事。当时并没有觉得夏语冰非常漂亮，只是眼尾有一点吊吊的，皮肤细白。但不知为什么，只要和她站在一起，无论是谁都即刻变成土豆，就像灰姑娘的马车，十二点之后就妥妥地变成大南瓜。

夏语冰是那种有光芒的人。

她并没有趾高气扬，但是你就是觉得她高不可攀；她很和气，笑的时候左脸下方还有一颗芝麻酒窝，可是你就是觉得她内心骄傲极了，什么都不大在乎。

纳蜜也不例外，简直就是夏语冰的参照物。如果全校文艺汇演，夏语冰肯定是报幕，纳蜜就是在后台收拾服装道具。如果是学校派少先队员给英雄模范献花，夏语冰肯定是首选，纳蜜没份儿这种好事，照常晚自习后还要留下来打扫教室卫生。那也没办法，夏语冰是宣传委员，纳蜜是劳动委员。

夏语冰对纳蜜十分友善，她觉得纳蜜作文写得挺不错的。尽管老师经常在课堂上朗读夏语冰的作文，但是每次夏语冰都要看纳蜜的作文本。老师给纳蜜的评价是过于忧伤，夏语冰却诚恳地表示纳蜜的作文写得比自己好。

有一天，语冰邀请纳蜜到她家去玩。

纳蜜还真的是被吓到了，因为语冰的家实在太大了，客厅大到可以打羽毛球，这还只是在两套巨型真皮沙发的间隙中。墙上挂着一幅书法字画，上面写着：大雪压青松，青松挺且直。要知松高洁，待到雪化时。字体枯瘦苍劲，令人过目不忘。

语冰家里有警卫员、秘书、厨师，还有漂亮的阿姨何花。

何花气质端庄，还戴着手表。那个时代手表显示一种身份，纳蜜还以为何花是语冰的妈妈，后来才知道只是语冰家的保姆。

后来才知道的事，是语冰的爸爸是调到这边军区当司令员的。

然而语冰无论怎么对她好，她看上去也只是一个跟屁虫。

语冰还是学霸，初中、高中都有男同学问她数学问题。不过现在想来怎么可能有那么多问题，数字肯定是男生有优势，无非是想跟语冰搭话罢了。

也不是没有闹过别扭。

大二的时候，有一天晚上纳蜜从图书馆回女生宿舍，看见语冰坐在床上津津有味地看着一个蓝色封面的本子。天啊，那是自己的日记本。因为本子封面上写着工整的宋体：工作笔记。是父亲的遗物，他留下许多空白的本子。

那时市面上的本子已经千姿百态，"理想万岁""惜缘""爱是永恒"这一类的主题最为流行，根本没有人用这么土的工作笔记本。

她哇的一声叫出来，疯了一样从语冰手中夺回日记本。

语冰笑道，是它自己从上铺掉下来的。纳蜜想到自己睡在语冰上铺，日记本放在枕头下面，从床边的缝隙里掉下去是有可能的。但这毕竟不是小学时的作文本啊。

夏语冰背诵她日记里的一段话：草在结它的种子，风在摇它的叶子，我们站着，不说话，就十分美好。

纳蜜的脸红通通的，除了害羞，也是真的恼了。

见她反应这么强烈，语冰把自己的日记本扔给她说，那你也看我的呗。

纳蜜并没有看语冰的日记，她把语冰的日记本放回下铺的枕边，拿着自己的日记本默默离开了宿舍，找到校园里一个没人的地方，眼泪不听话地掉了下来。

这一切语冰并不知道，还悄悄对她说，你新写的那几篇根本不是日记，是情书。

哪有，不要乱讲。

你告诉我嘛，你喜欢的那个人是谁。

真的没有这回事。

我去跟他说，就你这点胆子，就只能单相思了。

你再这么说我真不高兴了。

你不要告诉我是薛一峰啊。

才不是他呢。

语冰大笑，你看你看，还说不是情书，还说不是情书。

纳蜜的脸又红了一次，但是她的内心深处并不是羞涩的。有一条冬眠的蛇在慢慢苏醒——这便是女人的嫉恨。多少年来，她一直说服自己语冰是最称职的闺密，最要好的朋友。

但其实又是她最强大的敌人,语冰的出现一直在反衬她的卑微。她忍了很久了,不想承认这个事实。直到现在,一切都再明显不过了,有那么多男生围着语冰,她像赶苍蝇似的都赶不走他们,而她呢,仅有一个喜欢的人,还只能暗恋。

她在夏语冰的眼里就是一个笑话。

而且从头到尾都是,这一点深深地刺伤了她。

后来她也看过"铊中毒"事件的报道,凶手至今下落不明。但是有一点是可以肯定的,嫉恨的毒性远远大于铊元素,它可以让人变得疯狂。

薛一峰那时候很瘦,一点形象感都没有。又穷。他们住在学校的筒子楼里。什么是筒子楼,就是用最低廉的价格,最差的建材打造出来的经济适用房。每一套房里都没有自用的厕所和厨房,每一层楼都有公共的厕所和厨房,长长的走廊堆满各家的杂物,暗无天日,混杂着既难闻又奇怪的气味。

根本毫无指望。

当年决定和薛一峰结婚,也是出于现实的考虑。没觉得特别好,但也不算差。看到自己的校花妈妈总是找不到合适的男人依傍,条件好的差的都不过是一阵风,吹过之后连点涟漪都没有,纳蜜一心希望自己有个踏实的家。

两手空空又没有背景的人,是不敢做梦的。

不过她也承认最看重的家是被自己亲手毁掉的,尽管她也不是故意弄丢孩子,碰到这样的事,只能是细思极恐。

事实证明,当年他们都低估了彼此,以为对方相对平凡、随和、没有幻想和野心,比较容易融入自己的行为逻辑系统,共同生活只求相安无事不出偏差。但其实根本不是这么回事，要说共同之处，他们恰恰都是内心狂野，自以为是的人。说到缘分也是清浅得很，不可能有妥协的一方，分开反而可以理性地面对现实问题。

薛一峰现在是长开了，比起当年的那种麻秆瘦，现在微微壮实，脸上有了一些经历和沧桑，反而显得目光温存，成熟沉稳，是受女孩子追捧的那种大叔型成功人士。

谁能想到呢，他们分开以后他也挣到钱了，最风光的时候，开着奔驰轿车，副驾驶坐个模特。那次遇到他是2012年初，她带着母亲去大剧院歌剧厅听布达佩斯交响乐团新年音乐会，指挥是安德拉什·凯勒。曲目中有德沃夏克的《自新世界》，低沉的大提琴与黑人灵歌风格不仅让人触动往事，英国管哀愁的抒情旋律尤其感人，直到第四乐章，强而有力的铜管奏出激昂的音符，乐曲最终在雄壮的气氛中完结。

因为当时泪如雨下，所以至今难以忘怀。在这之前和之后的音乐会听了不少，完全没有印象，随风而去。

散场之后她在停车场，远远看到薛一峰，膨胀得可以。

男人才是不忘初心，永远都是香车美人这一个标配，贪财好色，正气凛然。

纳蜜啪的一声关上了照片簿。

六

沈随这个人的生活能力几乎是零。

他是天上的舞蹈王子误落人间，需要遇到的是海螺姑娘，不仅要会做饭做菜，也要会泡咖啡，读诗，懂得舞蹈语汇，提供缪斯级别的灵感，而日常的缝补浆洗，照顾左右，包括大扫除一样都不能少。

还要会换灯泡，修抽水马桶。

如果是一碗炸酱面，若是不帮他把炸酱拌开，他就吃白面条，最后剩一团酱在碗里，说是太咸了。如果你问他饿不饿，他反而会问你，我中午吃饭了吗？吃了还是没吃全在你一句话，他深信不疑，然后就飘走了。让他洗碗，他真的就只洗碗，筷子和锅还泡在水槽里，而且他洗过的碗跟没洗一样，必须重洗一遍。

如果你为什么事抓狂，他一点不急，还说这有什么，睡一觉就好了。

然后他也真能睡得着。

想起他那时候的样子，夏语冰仍不禁嘴角上扬。

多少年过去，她对他还是记忆犹新。

怎么又想起沈随来了，这几天老想起他，陈年旧事。

已经过了下班时间，但是夏语冰坐在办公室里没有马上离开，反正到处塞车，不急在这一会。刚才丈夫周经纬从美国打电话过来,说是薛一峰在他们美国家里的电话上留言,要找到语冰,有要事商量,还不止一通留言,同时留了联络他的电话号码。

周经纬把薛一峰的电话号码用微信发给了她。

经纬短时间不可能回国工作,一方面他现在的公司发展稳定,工资待遇都还不错,另一方面全家人在外面生活多年,美国也一摊事,没个人留守也不现实。

的确,夏语冰回国之后,没与任何人联系,本来她就对各种同学会不感兴趣,虚张声势的热闹,说些有的没的。加上自母亲离开之后,内心的伤口想不到地绵长隐痛,实在也没有心情说说笑笑。或者说她根本没有心情见人。

本来,就手给薛一峰打个电话轻而易举,但是夏语冰还是迟疑了。因为她跟纳蜜是一起长大的发小,顺理成章的闺密,纳蜜的校花妈妈是她干妈。可是莫名其妙地,纳蜜突然就不跟她联系了,开始以为千山万水的大家都忙,关系疏离了也很正常。但是每隔一段时间,她还是会写信,而且写了很多信,还托人给一峰和纳蜜的孩子捎过儿童用品、食品,全部如泥牛入海。后来干脆电话号码也换掉了,写信的地址变成查无此人退回原处。

语冰百思不得其解,这是什么意思嘛?

后来也只好面对现实,断了联系。

现在薛一峰又突然冒出来,语冰倒也不是小心眼的人,每个人在生活中会遭遇什么都不好说,没有必要斤斤计较。只是她还是觉得没有调整好情绪,见到熟人若是谈到父母近况,保不准她会泪流满面,又是何必。

夏语冰的办公室很大，有一面落地玻璃正对着珠江，完全是一线江景。

由于工作繁忙，她还真的很少有时间凭窗远眺欣赏江景。天色暗了下来，语冰始终伫立窗前，心绪平静，波澜不惊。江对岸的灯光依次亮起，夜游的江轮开始突突突地在江面上奔跑，各种霓虹灯广告牌争相闪烁，可是有多少人活在当下。

每个人却都活在记忆里。

沈随的姐姐沈林最先找到他们。那时候他们已经回到丽江，住在朋友的小客栈里，不过生活上需要自理，于是各种状况层出不穷，被爱情冲昏头脑的他们假装看不见，更谈不上面对，每天还是非常快活。当地的人家结婚、生日、孩子满月都是吃流水席，一时半会儿饿不着，朋友们轮流慢慢请也能维持一阵子，但是今后怎么办，他们居然都没聊过。语冰自己也不是过日子的人，对俗常的话题根本不感兴趣。

沈林是从昆明赶来的。她在教育厅工作，人长得漂亮，行事干练。

她找他们俩谈话，首先就说很理解他们的情感，也佩服他们的勇气，但是沈随是舞蹈天才，就此荒废了技艺实在可惜，而且云南省歌舞团正好缺台柱子，因为看过沈林提供的很多剧照和录像资料，同意接收沈随。所以她觉得语冰还是先回南方，两个人暂时分开将这段感情冷藏。如果过了几年还是彼此放不下，只要条件成熟了还是可以在一起啊。

语冰是冰雪聪明的人，眼泪当场掉了下来。

沈随完全听不出话外之音，加上他已经非常想跳舞了，本来他当初的抱怨就是登台的机会太少，现在虽说不是再跳现代舞，但是民族舞他也非常在行啊，根本没有问题，何况还是独舞或领舞，用现在的话说就是降级使用，都是他可以胜任的。

沈林非常精明，她做通了沈随的思想工作，就买票离开打道回府了。她相信沈随会在和语冰分手后直奔昆明找她，一点都不用担心，反而用押解的方式会让敏感的沈随不适，达不到预期的结果。她走了没两天，军分区的人也找到了语冰，他们可没有那么客气，虽然表面嘘寒问暖，但总有挎着枪的军人不离左右，摆明是要把语冰押解回去。

分手已成定局。

当天晚上，两个人都喝醉了。之后语冰上了一辆军车。

他们像革命者那样拥抱道别。

夏语冰在车上一直没有回头，直觉告诉她，这个地方她再也不可能过来了，爱情都是因为短暂才变得永恒。

一路风尘地回来了，她才是真正被押解的爱情囚徒，每一个站点都有军人交接。最终回到熟悉的城市，街道依旧，木棉树还是那么笔直，尽管天气已经彻底凉下来了，绿色的植被和艳粉色的夹竹桃还是生机勃勃。但是在她的故事里却没有了男主角，所以眼前的一切是前所未有的呆板和空洞。

回到家里，本以为有一场家庭风暴。

但是没有，父亲的工作很忙，又下部队去了，母亲在她自己的房间养病，见到她走进来，什么也没说，继续披衣看着窗外，脸上是她从来没有见过的苍茫。

谁都不说话，两天便如两年那么长。

何姐姐悄悄对她说道，就给你妈认个错吧，她在等着你认错。

可是她有什么错。

沈随跟她熊抱的时候贴耳说道,这封信你回到家再看。她从他手里接过那封信,放进口袋还紧紧抓住,生怕它不翼而飞。回到家的那天晚上,她才打开那封信,看了看日期,是沈林走后的第二天写的。

沈随写道,我生活上虽然弱智,但是思想上根本不弱智,我们俩心里都十分清楚,尽管相爱却又是彼此的拖累。这一次沈林过来,看上去是我想跳舞,其实是,你就是不跟高潮好,你们家也不会让你跟一个跳舞的男人好,我们在高贵的人眼里什么都不是。而我最不愿意看到的,就是你为我做出的所谓的牺牲。我不想看到你辛苦,只想看到你快乐。

沈随还说,对于这段感情,我可以分手。但是我对你有个要求,那就是不要忘记,不要后悔,不许认错,不许对任何人说"我错了"。

不认错,母亲当然不可能原谅她。

家里实在待不下去,学校也回不去了。白天,她就去现代舞团的排练场,空荡荡的剧场里,她坐在倒数第二排。台上有时有人,有时没人,但是永远都不会有沈随出场了。晚上,她很晚才回家,避免和母亲见面。

幸亏,她还有纳蜜。

有一天晚上,她又看了一遍沈随的信,这封信她都能背下来了。想起她十三岁的时候看《红楼梦》,黛玉死了,宝玉出家走向白茫茫大地。当时窗外疾风暴雨,玻璃窗上是一千行一万行的泪水。

但是谁又能理解她那时的心情呢，恐怕连沈随都不能吧。

她独自一人去了纳蜜的家。

是纳蜜开的门，也许她的表情过于木然和失落，纳蜜张开双臂一把抱住了她。

后来也是纳蜜帮她找到雅思培训中心，做上门英语家教的工作。

纳蜜说，你还是先搬到我们家来住吧。

纳蜜标准的神情就是板着一张可爱的小脸，眉毛微微拧着，然后深思熟虑地说道，你和你妈妈都要冷静一段时间，现在天天碰面，就是一句不吵也是伤害。

如果我是你妈妈，女儿退了学跟人私奔，我也要疯了。

她的言行一贯是家长式的，她的校花妈妈什么都听她的。

当时的夏语冰已如行尸走肉一般，日子过得颠三倒四，晨昏不分。父亲从基层部队回来，郑重其事地找她谈话，说了一些大道理，还说人犯错误不怕，只要深刻认识到自己的问题，痛改前非就还是好同志，等等。然而从头到尾，语冰就是默不作声，眼睛望着地面一言不发，气得父亲就差没拿出枪来把她崩了。

从此以后，家里的三个人都犯倔，都不说话。冷暴力充斥着家里的每一个角落。

那段时间，夏语冰一切都听纳蜜的，虽说是两个人，却只用纳蜜一个人的脑子行事。于是语冰回到家中，对何姐姐谎称雅思培训中心有单身宿舍，就此便收拾了换洗衣服，离开了家。当时怎么也想不到，这一走，再回来的时候，周鸿儒已经四岁半了。

最初搬到纳蜜家里，校花妈妈在纳蜜的房间给她搭了一张床。虽然比较硬，但是因为纳蜜家的生活气氛和颜悦色，春风化雨，感觉还是十分温暖。

毕竟是给人家添了麻烦，语冰仍旧坚持早出晚归，没课的时候，她宁可耽搁在健身房也不早早地回纳蜜家，生怕影响了她们以往的平静生活。有一次，纳蜜找到健身房，没有表情地对她说了一句，你的身材已经够好了。然后背着手，像小政委那样把她带回家，这才提醒她当天是她的生日。她当真完全不记得。校花妈妈费心煮了鸡汤端上桌。隔了那么长时间，她的眼泪才又一次掉下来，心想，我自以为是金枝玉叶之身，如今却要生活艰辛的纳蜜母女照料接济，不免悲从中来。如果自己的父母不是达官贵人，世俗的情感也没有那么令人难以理解吧。

倒是纳蜜读懂了她的心，坐在一边悠悠说道，你也该让我照顾一下你，不然我就是个跟屁虫，你知道我也是好强的人，你也要给别人一点机会。就算我们生不如人现在又接济你了，那又怎么样，你倒伤心起来了。

这话说得语冰心头咯噔一下，从此再不拿自己当外人。

出出进进，言行琐事一概无拘无束，完全成了亲密的一家子。

往事历历在目，不由得，语冰打开微信，找到薛一峰的联系方式，拿起桌面上黑色的电话话筒，正要拨号，她的手机叮叮咣咣地响起来了。

是她的秘书茉莉打过来的。

夏语冰在公司负责总务,别的事情还好说,唯独"危机事件处理"是一项操心伤神的工作,永远都是猝不及防。当然了,若不是重任在身,想在公司占据一线江景的大办公室也是不可能的。董事长的办公室都没有她的漂亮。

茉莉在电话里说:"新疆的经销商打电话过来,那边有一个客户用我们公司的产品后死了,是客户违规操作还是我们的产品本身有重大隐患尚不明确,但是那边的客户家属已经报警,目前警方已介入调查。"

夏语冰回道:"我们过去,马上。"

茉莉道:"我也是这么想的。"

之后茉莉把最近一班飞往乌鲁木齐的航班信息发在语冰的手机上,并且确定了两个人在机场碰头的地点。

毫无疑问,夏语冰重新拿起话筒的时候,把电话拨给了何姐姐,交代了一些家事,并告之自己马上出差。

办公室的隔间里,有一张沙发床,床旁边放着一只万能轮的银白色高级旅行箱,语冰推起来就走,可见她随时出差是工作中的常态。走出办公室,语冰利索地甩了一下头发,像是甩去脑袋里无穷无尽的陈年旧事。

数小时之后,她已经和茉莉坐在飞机上的商务舱里,飞往乌鲁木齐。

七

朔风扑面而来，对于南方人来说，就像被人冷不丁地扇了巴掌，脸颊割得生痛，然后又慢慢地变得麻木。北方的深秋，还真的是寒气袭人。

尤其是晚上，天色很快就黑透了，令不熟悉这里一切的人心情马上进入混沌时刻，如一粒微尘被大自然遗落于此。薛一峰紧了紧自己身上厚毛绒里子的皮夹克，还是打了个冷战。他后悔没穿羽绒服出来，其实进入寒冷地带，又是来乡下，顾不上什么形象不形象的，而且像这样冻成狗，也没有形象可言啊。

青州公安局招待所的院子里，本来树就不多，全部光秃秃的，朔风无阻挡地直来直去，感觉树枝也在微微抖动。据说树是冬天长根，夏天长叶，人也是这样，遇到事了才会长心智，没事的时候就轻飘飘地到处招摇。

薛一峰和纳蜜是昨天晚上赶到青州的，一路奔波自不必细说。

两个人默契地扮演成沿海大城市来的恩爱夫妻，希望初次见面，给孩子留个好印象。招待所的住房也只要了一间高级套间，厅里有长沙发。

行程越往北，越感到环境的粗鄙化程度步步加深，连空气都干燥难忍，一股飞沙走石的尘土味。这边的人，公共场合绝对大声喧哗,食物更是粗枝大叶外加死咸,简直无法下咽。想到狮狮就是在这样的环境中长大,根本不能再想下去了。

到达目的地,那些所谓高级套间、沙发、院子里的月亮门,包括服务员小姐等,都是一副山寨版的模样。

唯独各种空旷宽敞是真实可靠的。

相比起南方对于空间的见缝插针,这边的风格是大面积留白,或者说是一种大而无当的空置。

按照约定,今天上午和王大壮见面合乎情理,但是时间还是安排在了下午,说是王家那边的人住在乡下,也要往这边赶。一峰觉得有道理,便也没有多想。纳蜜穿了件名牌大衣,还化了浓妆,搞得跟昭君出塞似的。一峰有些同情地看着她,满脸写着"有这个必要吗"。纳蜜根本不理他,当他透明。

然而到了约定时间又过了将近一个小时,邓小芬和王大壮的影子都没有。以一峰与政府部门打交道的经验研判,肯定是中间出了什么问题。

一峰走出会议室。会议室里除了纳蜜之外,还有几个负责内勤的公安干警,拿着一些照相设备,自称是宣传部门拍一些资料,那种拉着横幅各种媒体"长枪短炮"的围堵现象并没有出现。

一峰在走廊上见到一位有点年纪的干警,随手递给他一支中华烟,自己也顺便叼上一根,点着火以后,彼此都松弛下来。

年纪大的干警说,的确有意外情况发生,就是从头至尾,王大壮根本不肯认这门亲。照说他被拐卖时已经记事了,他从小就知道自己不是邓小芬亲生的孩子,但是他跟邓小芬的关系出奇地好,说胜似亲生一点都不过分。一开始跟他谈他就一言不发,让他表态他就说只有一个亲妈就是邓小芬。好多记者到他家去采访,他要么闭门不出,要么就直接扫地,专扫站人的地方,用大扫把轰走了所有的记者和看热闹的人。

干警说,我们就找邓小芬谈。邓小芬说真不是她教唆的,大壮这孩子本身就仁义。以前也有人在他跟前说三道四,说你妈十六岁就让你去开大货车,干这么苦的差事,就因为你不是亲生的。大壮说,我妈当初捡了我,让我每天吃饱饭,还让我上学认字,就这两件事,好多亲生的父母都做不到。

这不是,好不容易说松动了,你们一来,他又变卦了。

我们从昨天就开始做他的思想工作,最低要求,认不认亲另说,人家大老远地赶来了,总要见一面吧。

现在好歹还是上了车,再等一等人就来了。

一席话,说得薛一峰半天回不过神来,这样的情况他还真是始料不及。说到底,和政府打交道的事再复杂,都没有这件事复杂。怎么会有这种事,不都是抱头痛哭泪洒长河吗?世界上还有什么样的感情可以胜过亲情,实在让人想不通啊。一时间他心乱如麻,烟也忘了吸,直到把手指头烫了一下。

年纪大的干警倒是从容,宛如名医谈癌,高僧说妓,完全波澜不惊。

正在发愣时,走廊的尽头拥过来一大团人,谁是谁压根分不清楚。不等一峰做出反应,一团人已经拥进了会议室。

一峰急忙冲进会议室。

总算见到了王大壮。他就在人堆的中心，相当敦实，板刀眉，漆黑的双目，剃着平头，短发跟钢针一样。不是一脸怒气而是怒气冲冲，人家给他介绍纳蜜，他也只是随便扫了一眼，脸上没有表情。

这时的纳蜜已经像母老虎一样扑了上去，直接扳过大壮，把他左手臂的衣袖一阵乱撸。直到看见大壮手臂上的一小块烫痕，才两腿发软，一屁股坐在地上。

根本忘了给邓小芬磕头。

说起这块伤痕至今也是一场公案。当时的纳蜜和夏语冰真不愧是铁杆闺密，前后脚结婚，前后脚生孩子。可是语冰生完孩子之后就拿到了去美国的签证，机会太宝贵了，不敢有片刻的耽搁。自从夏语冰赴美之后，纳蜜也要回单位上班，便由金牌月嫂照顾两个孩子。因为是冬天，孩子的手臂一直被衣袖遮盖，直到天热时纳蜜才发现有个疤痕，问金牌月嫂怎么弄的，她死活不吭气。孩子又不会说话，只好成谜。纳蜜当时还说了一句，这下子丢不了了。

一峰上前扶起纳蜜，她抱住一峰放声大哭。

现场一度相当混乱嘈杂。

终于大家都慢慢冷静下来，便有人出面张罗众人落座。薛一峰这时才有机会仔细打量邓小芬。邓小芬在山东人里算个子小的，但人收拾得整洁精干。她身边除了大壮，还耸立着两座高山，分别是王美华和王大锤，都是大骨架子的北方人形象。

此刻一个个都神情肃穆。

这时公安局的有关领导招呼大家坐下，邓小芬弯下腰刚想坐,大壮一把挽住她的胳膊,坚定地说道:"妈,咱们走。"

于是邓小芬坐也不是站也不是,一只胳膊挂在半空,最终差不多是被王大壮给拖走的。她一边走还一边无奈地回了两次头。

所有的人都傻了,不知道该怎么办。

片刻,才有几个公安干警追出去拦人,但是高低也没把人给劝回来。

公安局的有关领导只好反过来安慰一峰和纳蜜二人,大意无非是生不如养,一个孩子长大成人不容易,突然要面对这样的情况,终究有个过程。总而言之安慰人的话就那么多,总有说尽的时候。何况看到纳蜜已经妆容凌乱、目光呆滞,仿佛被抢劫过一样,也只好纷纷退出会议室,用眼神示意薛一峰做好安抚工作。

相对无言。

薛一峰在寒风中抽完两根烟,准备回到房间里去,外面实在太冷了。

吃晚饭的时候,纳蜜一口也不吃,两眼直直地盯着他:"你说薛狮狮在这里是不是被养傻了,他肯定是吃米糊长大的,吃过奶粉吗,见过'力多精'吗,我们是沿海大城市来的,是有实力的,我们才是能够改变他命运的人啊。"

"你想说什么,你想告诉他你这个包包是'爱马仕'的吗,你觉得他知道什么是'爱马仕'吗。"薛一峰一边说,一边看着纳蜜的脸,老实说她素颜还比较顺眼。

"无论有没有感情,至少要巴住有钱人啊。这个时代谁不巴住有钱人。"纳蜜说道。

"我觉得狮狮挺好的,仁义。"

纳蜜下意识地用鼻子哼了一声。

她不再说话,但也没有吃饭,还说:"薛一峰我真服了你了,还吃得下饭。"

薛一峰心想我为什么不吃饭,我这辈子被你害得够惨,总算明白人生最深刻的哲理就是那句韩剧台词——好好吃饭。其他的不管鸡汤不鸡汤的都是狗屁。所以,尽管他什么都没说,还是又咬了一大口煎饼,把嘴巴填得满满的。煎饼里包着土豆丝、黑木耳炒里脊,除了咸点,没毛病。

又是一阵强风扑面,薛一峰忍不住小跑起来。快到招待所的门口时,他的手机响了。

是青州这边具体负责打拐工作的干警刘漂打来的:"薛哥,是我,刘漂。"

"你好你好,今天真是辛苦你了。"

"不客气,这都是我们分内的工作。我薛婶好点了吗?"

"好点好点。"

"这样,我明天上午十点开车过来接你们,去做亲子鉴定。"

"哦……好的。"

"那好,就这事,我挂了哈。"

"唉,先别挂……小刘,是这样,能不能安排我们到邓小芬家里去坐一坐,吃个便饭,联络一下感情。我们什么要求都没有,什么要求都没有。"

电话那一头至少停顿了五秒钟,好一会儿刘漂才为难道:"这个提议我们早想到了,也跟那边说过好多次……不管怎么说,你们大老远地过来,就是不沾亲带故的陌生人也该吃个便饭。可是薛哥,今天你也看见了,大壮这孩子死犟死犟的,答应做亲子鉴定我们都不知做了多少工作。而且他坚持明天下午就外出跑长途,怎么一块吃饭啊?"

冻稀了的薛一峰扛着肩膀,头脑风暴又开始了。

灯光暗淡下来,舷窗外面一片漆黑。

夜航飞机上仍旧十分嘈杂,各种声音,嗑瓜子、音乐、电视剧的台词,有人嚼苹果,闻到的是饭菜真香的味道。

纳蜜的身后,是两个女人在大谈婆媳关系,扬扬得意自己是生活小能手。

因为连夜包车从青州赶到青岛搭飞机,居然头等舱和商务舱都没有了,只好挤在经济舱里忍受人间烟火。

想想这一路的奔波和遭际,真是身心俱疲,纳蜜面对舷窗,慢慢合上沉沉的眼皮。

曾经,她想过和薛狮狮重新相见的一万种可能,唯独没有她所经历的这一幕,也想不通为什么会这样。

当年生薛狮狮的时候,是她生命中的至暗时刻。先是不靠谱的校花妈妈在那种便宜的舞场认识了一个单身老男人,两个人跳交谊舞跳得起劲,这也没什么,关键是迅速发展到同居的程度。校花妈妈平常好好的,正常得要命,但是一遇到爱情就变成"校花痴",她不仅搬去那个男人家住,还要跟他一起游历全世界。

那时候的纳蜜挺着临盆的大肚子,看着母亲喜气洋洋地收拾行李,实在不知道说什么好。这也成为她脑海中挥之不去的创伤记忆。

从此以后,再孤独她都是不会和母亲一起住的。

走就走呗,全中国可有一个母亲是在女儿要生孩子的时候跑去跟别人同居的,这得多大的心多大的胆儿,校花妈妈还要说,我一点也不担心,因为薛一峰很能干啊。

这便是她当时的另一个困境,那段时间她跟薛一峰的矛盾根本没法融合,只是她不愿意告诉母亲,她是极其要面子的。

知道不能依赖母亲,她开始靠《育儿大全》来准备各种物品,小床,床上用品,孩子里外的衣物,尿布,奶粉,各种瓶瓶罐罐总之就像黑洞一样,填进去多少都看不见,买了一件就觉得还有一百一千件东西没有买,可是钱永远是有数的,不够的。

薛一峰的意思是,为什么一定要买进口奶粉,大庆牌奶粉就很好啊。

只要是全棉,不见得要买最贵的啊。

他还不知从哪里抱回家一大包小孩的旧衣服,说小孩子穿百家衣如何如何对健康有利。就直接承认我们穷不好吗?

所有的事,只要跟薛一峰商量,选择都是"阳春版"——最斋的那一款。

纳蜜的眼泪大颗大颗地滴下来,我们的孩子,为什么一生下来就要穿旧衣服,就要喝七块钱一袋的大庆奶粉,为什么要这样对不起他。纳蜜把那一大包旧衣服扔掉了,毫无疑问两个人会为此大吵一架。

别人给的旧小床旧小凳子旧塑料澡盆忍气吞声地留下来。

人都是会攀比的，尤其是女人，就活一个攀比心。同样是刚生下孩子，夏语冰的赴美签证突然办下来了，她决定马上走，但是她的小毛头儿子周鸿儒必须先放在纳蜜这里，说好半年之内一定有人把他接去美国。鸿儒送过来的时候吃的是什么，用的是什么，纳蜜至今刻骨铭心。她第一次知道进口奶粉里排名靠前的"力多精"，第一次摸到进口的婴儿服柔软得和细沙一样，床上用品、婴儿车、各种奶瓶全部是最高级的材质，最贵的价格。语冰还带来一位月嫂，整洁、严肃，英国女管家的神情，进门就各种挑剔，家里没有鲜花也是一条罪状，因为气味不好也会影响孩子的成长。这个月嫂第一天到家里踩点，就是对纳蜜各种指责，并且不让纳蜜动手，而是自己亲自规范操作，令纳蜜自惭形秽。高超的技能配合高级别的薪水，语冰让她"全天候"跟着纳蜜照顾好两个孩子。

那时语冰还差一周才出月子，全身肿胀像吃了发泡粉一样，女人生完孩子没有那么快恢复身体。要坐那么长时间的飞机，纳蜜劝语冰再考虑一下，可是当年能拿到美国签证简直就意味着脱离苦海，没有人会产生半点犹豫。

语冰还给纳蜜留下一张银行卡，说需要的时候随时提款。

当年夏语冰私奔的事传得沸沸扬扬，与对她寄予厚望的父母彻底闹翻了，所以住到纳蜜家里来，后来纳蜜帮助她在雅思培训中心找到工作，挣到钱她就租了房子搬出去住了。

此后各忙各的，也极少见面。

有一天夏语冰给她打电话，说周末晚上要到家里来吃饭，希望干妈烧多两个菜，纳蜜当然是满口答应。

到了周末，夏语冰是来了，还带了一个高大帅气的男生。这个男生纳蜜也认识，是大学高她们两届的学生会主席周经纬。当时纳蜜参加了海棠诗社，所以跟学生会的活动有交集。而且周经纬在大学本来就是风云人物，学霸，颜值高，为人正派，父母都是外交官，令他的气质和品位天然就在芸芸众生之上。老师同学都爱他。

后来他考上了美国波士顿学院并获全额奖学金，赴美深造，这完全是大家意料之中的事啊。意料之外的事是他在美国找到工作稳定之后，第一个动作就是回国找到夏语冰，说他当年见到她的第一眼就下定决心要娶她，现在他终于如愿以偿，必须抱得美人归。夏语冰毫不隐瞒，告诉他自己退学的事，和沈随私奔的事，包括和家里闹翻并且被众口铄金的事，就差脸上没有刺字。结果周经纬全不在意，还笑着说你这个人要是没闹出这种动静那倒奇怪了。又说美国人对于婚前的事情并不纠结，谁年轻的时候不想荒唐一下，把世界搅个底朝天。而且当他知道语冰和家里闹翻后一直住在纳蜜家，坚持登门道谢，居然送给纳蜜家一台彩色电视机，还是日本原装货。尽管家里有电视了，可那不是国产的吗，而且母女俩总是要抢遥控器，这样就可以各看各的了。所以校花妈妈乐得把豆腐都炒煳了。

那时的语冰也不想留在国内这个伤心地，便答应了周经纬的求婚。

纳蜜始知，这个世界从来就没有公平可言，有的人即使犯了天条依然可以幸福美满，而有的人就是一生勤奋也只能跟贫穷为伴。

生孩子的时候肚子痛了三天，还好薛一峰衣不解带陪伴左右，出了产房，还吃到他煮的红糖水荷包蛋。校花妈妈是一周后打来电话，一峰告诉她生了个男孩，母子平安。她说那就好，语气里没有半点担心。又说她现在人在泰国清迈，跟那个老男人一起骑大象，一边说一边发出银铃般的笑声。

月子里的纳蜜反而要嘱咐她，注意身体，玩得开心。

对于校花妈妈，应该说那一段感情是最完整的，并不是在舞场偶然认识的人，就全是坏蛋。应该说那个老男士也是个寂寞之人，他的妻子患了老年痴呆症，拖了七八年才走，唯一的女儿一直都骂他遇到了女骗子。可是他不动摇，坚持和校花妈妈在一起生活，而且真的很开心。

一年以后，两个人一起去日本箱根泡温泉，老男人脑溢血客死他乡。

老男人的女儿飞去日本处理父亲的后事，带回来校花妈妈和一个骨灰盒。据说全程黑口黑面，不与校花妈妈说一句话。

校花妈妈伤心之余，才重回原来的生活轨迹。

飞机明显地开始下降，因为两个耳朵的耳膜在隐隐胀痛。

纳蜜的眼睛始终没有睁开，但是黑暗中渐渐有了光感，她知道飞机快落地了。身边的薛一峰从头到尾呼呼大睡，一阵深刻的孤寂感在心头飘过，她只能暗自做了一个深呼吸，准备迎接所有的未知和不测。

八

离夏语冰所在公司最近的餐厅里,有一家素菜馆相对清静。

餐厅设在甲级办公楼的二楼,两扇对开的实木大门,铜制的硕大门环,上方有一块挂匾,篆刻着四个古朴圆润的狂草:临风千叶。大门两侧是做旧的黑白水墨款池塘残荷的摄影壁画,非常做作的样子。

按照约定的时间,薛一峰提前了四十分钟来到这里,精心选择了茶点和几样精致小菜,叫服务生等客人来了再上。他自己更多的是为了做好精神准备。

薛一峰在青州公安局招待所打的最后一个电话,是通往住在美国佛蒙特州的周经纬家中。本来也没抱太大的希望,因为此前打过几次,那边都是电话录音,感觉那边不大有人居住。这一次听到的是相同的录音,薛一峰正要挂断电话,那边居然有人接听了,是一个相对低沉的男中音。

"喂。"

"喂喂,请问是夏语冰家吗?请问夏语冰在家吗?"

"哦,我是她的先生周经纬,请问你哪位?"

"原来是经纬大哥,我是薛一峰啊。"

两个人寒暄了几句,周经纬说,他最近经常出差,的确不大在这边住,反而住酒店的时候比在家多,今天是回来拿东西的。并且告诉薛一峰,夏语冰目前就在国内工作,然后告诉了他夏语冰的手机号码。

拿到这个宝贵的电话号码,薛一峰看了看手表,已经过了夜里十一点,这个时间段打电话是非常不礼貌的。但是他跟纳蜜商量了一下,还是决定连夜包车赶到青岛,坐飞机回广州,争取尽快和夏语冰会合。走前他给刘漂留下一封信,表示尊重王大壮的感受,也许大家都冷静一段时间,才可能整理好情绪面对现实。

到达广州之后,上午十点,薛一峰打了夏语冰的手机,她还蛮热情的,说自己在乌鲁木齐出差,不过事情已经办得差不多了,于是约好了两个人见面的时间和地点。

即使留了四十分钟的准备时间,薛一峰仍旧感觉心乱如麻。多年的"政府关系"工作经验告诉他,惊天动地的事情平静地说,十万火急的事情慢慢地讲,最需要把握好的是语速,语速,还是语速。他强迫自己尽量显得镇定自若。

这时,他看见夏语冰从餐厅的大门走过来了,他冲她挥了挥手。

夏语冰还是那么漂亮,身材高挑,一点也没有发胖,俏丽的短发,淡妆似有若无,身穿一件橄榄色的厚风衣,腰带随便系了个结,领子立着,干练中不失洒脱。

一张年薪过百万的高级脸。颜值即真理。

"当时我正好在深圳出差,临走的时候去了趟沙头角,女同事都在买丝袜和力士香皂,我什么也没买,只买了两大罐光明奶粉,上海货,黄色的铁桶,是专门出口的,这边很难买到。"说到这里,薛一峰停顿了一下。

语冰没有说话,她在认真聆听。

薛一峰继续说道:"回到家里,看见周鸿儒睡着了,我说我们狮狮呢?她说送到美国去了。我没有反应过来,她说语冰派人来接孩子了,我不想狮狮再过我这样的人生,就把狮狮送走了,从此以后,鸿儒就是我们的狮狮。我当时就傻了,我说你疯了吗……"

看上去语冰一直在听,但是她一点反应也没有。

然后她缓慢地接了一句:"我不知道你在说什么。"

"你是说……"她嗫嚅道,歪着脑袋想了一会儿。

周围安静极了,一点声音也没有。桌子上四样做工讲究的素菜仿佛长了无形的耳朵,一直冷冷地听着。

陡然,夏语冰笑道:"薛一峰,你电视剧看太多了吧。"

一峰木然道:"我也希望这一切都是别人家的故事,我们只负责坐在电影院里欣赏、评判,或者伤心一把。当个看客不知有多好。"

"可是……

"周鸿儒两岁的时候,我鼓足勇气一定要把狮狮换回来,可是你来信说在美国的狮狮被发现有自闭症的早期症状,你们为他制订了详尽的生活和治疗方案,牛奶换成了骆驼奶,面粉是特制的,许多食物是特制的,每周还要到医院去做特殊训练和康复治疗,同时又有专职义工上门陪他玩,跟他交流。所以他的成长经费何止是三级跳,应该是花钱如流水,我们根本没办法应付。如果他真的是自闭症的话,我其至还暗自庆幸纳蜜把他送到了美国,我当时真的就是这么无耻……"

薛一峰本想一直说下去，毕竟难以启齿的事情一旦停下来就再也没法开口了。令他没想到的是，夏语冰突然迅速地扇了他一巴掌，起身走了。

她听不下去了。

他看着她的背影消失在餐厅的门口，一侧的脸颊持续火辣辣的。从小到大，第一次被当众打脸。临近的食客还是被惊着了，目光齐刷刷地投射过来，错愕和同情的神色叠加在一起。还好，还好，他也是当真说不下去了，说什么呢？后来我们就把你的孩子弄丢了，这样的话怎么往下说啊。

如果可以，他宁愿彻底埋葬这个秘密，让它和自己的生命一起消失。

可是现在公安干警要求做亲子鉴定，不做，这个案子是结不了的。认不认亲那是另外一件事，结成铁案是政府的工作。

自从送走薛狮狮以后，他们两口子对周鸿儒是无限好，鸿儒是家里名副其实的"小皇帝"。不会说话的时候，哭声就是命令。他的哭声也格外响亮，充满了无辜和委屈外加理直气壮。后来他的目光、含混的口齿，以及漫无目的的手指的方向，似乎都指向美国。美国，把他们搞得筋疲力尽却又满血复活。这是因为补偿心理是人性最重要的组成部分，他们拿走的是这个孩子无法估量的光辉前程，什么进口奶粉、柔软如水的棉纱内衣、飞机钢制作的手推车，统统都是浮云，他们为了让自己的孩子接受最耀眼的阳光、最圆的月亮、最佳的学习环境、最自由的生存空间，将来穿着袋袋裤就可以成为最年轻的霸道总裁,而牺牲了眼前这个孩子的利益,他们怎么能又怎么敢不对他好呢?头上三尺有神明。

没办法,人在一个绝望的境地,就是会把全部的希望寄托在未知的憧憬之中。美国,就是满地捡钱,就是天堂。

当然,他们也牵挂自己的儿子,所以总是勤快地往国外写信,同时附上鸿儒的照片,这样就可以看到大量的狮狮在美国的照片,看到狮狮最优质的成长。特别是狮狮被发现疑似患了自闭症,如果不是在美国,可以说他们根本无从招架。

然而狮狮闯关打怪成功,芝麻开花节节高,一天比一天好。

那时的他们每收到一次狮狮康复中的消息,都要小型地庆祝一番,那是他们俩最快乐的日子,每一天都像过年。

他们两口子几乎是同时患上斯德哥尔摩综合征,深深爱上了自己的罪恶。

然而花无百日红,美好的时刻都是刹那芳菲,瞬间消亡。弄丢了周鸿儒之后,他们也永远失去了薛狮狮。没有了成长的细节,没有了照片,这个谎言又能编多久呢。他们只能断绝了和夏语冰所有的联系,像消失的间谍人间蒸发,不再出现任何一点电波。

当然,患得患失同样也是人性重要的组成部分,同时又是压垮他们这对贫贱夫妻的最后一根稻草,他憎恨纳蜜的自私、变态,更厌恶自己的合谋和窃喜。

老天放过谁了。

又呆呆地坐了好一会儿,大概周围的食客都认为他是渣男吧。薛一峰软绵绵地扬起右手,招呼服务生埋单。服务生问需要打包吗,薛一峰无力地摇了摇头。

自以为天衣无缝的事,当时的薛一峰在沙头角,校花妈妈在泰国骑大象,行事像英国管家的月嫂被提前辞退。所有的正好似乎都在成全着这一件事,然而,谁又能想到,其实另一件事即将发生。

一峰始知,生命中的每一件事都是需要埋单的,哪怕挂单再久,哪怕你为此已经吃尽了苦头。

是狗屎你也要吃下去。这就是人生。

小桑君,这个名字到底有多么重要,当时完全不知道。

现在知道了吧,否则该管亲爱的儿子叫什么呢?他到底是谁呢?

夏语冰从素菜馆回到公司以后,整个人都不对了。本来这个晚上是要加班的,前两天的乌鲁木齐之行,虽然用户是因为违规操作公司产品而触电身亡,但也暴露出本公司产品的瑕疵,必须整理出事件的全貌上报公司总部。可是她的脑子像坏掉了一样,频频短路,所有关于危机处理的套路统统失灵。

她暂时能保持的,只是呆板的端庄,没有尖叫,也没有把桌面的东西全部扫到地上。

再待下去唯恐情绪失控,语冰起身收拾了自己的手提包,跟茉莉简单交代了几项工作,就下班回家了。

一路上她都紧咬下唇,胸中一派无边无际的荒漠,身后是巨大的落日,残阳如血。她决定步行回家,感受世界末日的笼罩。

小桑君的样子在她的脑海里反复叠影。

真想马上见到他,但是小桑君每天晚上的下班时间是将近凌晨一点钟。

今天也不例外,他回到家的时候,父亲和何姐姐早就睡了,以往夏语冰也不会刻意等待。家常的日子,基调都是自己顾自己。只是今天有些特殊。

小桑君在开放式厨房煮拉面。

他的习惯是工作的时候不吃东西,认为稍有饱胀感就会影响心智,手艺或者技能就会变差。所以下班之后才会吃东西。

语冰说:"多煮一点,我也饿了。"

小桑君答应了一声,还是背对着语冰煮面。语冰拉开一张餐桌下的椅子,跨坐在上面,两只胳膊围抱着椅背,聚精会神地欣赏小桑君的背影。

笔直修长的身材,大长腿。浓密的黑发。

他到底像谁呢?那两个混蛋身上可有一丁点的好?

在此之前,她真的不知道自己有多爱他,现在好想走过去,从后面轻轻地抱住他,把头靠在他的背上静默片刻,以缓解内心的焦躁。

当然,她没有,她从来不会吓着孩子。

那么她和经纬的孩子现在又是什么样子呢,在做什么呢?

一丝罪恶感从她的心头飘过,这不是在精神上背叛小桑君吗,她不应该这么想。

"你怎么了?"小桑君一边把面条盛入两只青瓷宽汤大碗里,一边问道。他并没有看夏语冰一眼。面汤有一股日本酱油的清香。

"没怎么。"

"表情好像有点凝重。"

"哪有。"语冰回道,还是僵硬地笑了笑。

两个人在餐桌上相对吃面,并无交流。

然后各自将息。

回到卧室,语冰已经身心疲惫,她倒在床上,仍旧无法入睡。薛一峰的话犹如重拳猛击,老酒伤身,她感觉那个真实的自己业已轰然倒下,昏迷过去不省人事。只有剩下的一副躯壳在按照惯性维持日常,她看上去有多平静,内心就有多煎熬。

墙上的挂钟指向凌晨两点二十,这个时段的美国是白天,语冰想给周经纬打个电话。尽管素日里她并非小鸟依人的女人,但是这件事太大了,大到像她这样有主见有独立精神的女性,第一次看到了自己的软弱和无助,什么拥有强大的内心,什么从容地接受无常,那都是生活没有出重牌时的片汤话。她现在什么都不是,一个普通中年妇女所能经受的事,她未必经受得起,她早已全面崩溃。

如果打通电话,她肯定没法控制自己的情绪。周经纬心绪不宁再出了问题怎么办?而且这件事在电话里根本讲不清。

而且整件事的全貌她自己都还不知道。

对于和经纬的这段婚姻,虽然感恩多于爱情,但是也必须承认他们是天造地设的一对。经纬的家世好,又是高才生,整个人的个人操守和修养都在金线以上,假如有金线的话——无非就是一种无形的品行标准。他对她用情至深,既是亲密爱人,又是兄长,是良师益友,可以无所禁忌地讨论所有的问题。

想到这里,她准备给经纬发一条信息:家里有事,如果可以请提前回国。

本来他们约好,经纬是利用圣诞节的假期回来的。

但是经纬也不是神啊,出了这样的事他也未必经受得住。而且她半夜三更发这种信息,经纬可是思维缜密的人,他一定会即刻打电话追问再三的。

沉吟良久,语冰默默删除了这条信息。

天蒙蒙亮的时候,语冰沉沉地睡了过去。

第二天上午十点钟,夏语冰来到薛一峰的办公室。

他的办公室不大,占据面积最多的是各种报刊,报架上是十多份各地报纸,席地而摞的,有权威的《求是》《新观察》等杂志,也有超级小众的刊物,或者干脆就是行业内刊物,什么《城市规划简报》《绿叶》《石油通讯》《支部生活》之类。看来他自称在公司负责政府关系并非虚言,如果不像一个间谍似的收集各路说法、提法甚至情报,有点风吹草动就会无从辨别主流走向。

见到她,薛一峰赶紧起身,顺手关上面前苹果笔电的上盖。

他看上去并未感到意外,仿佛他们约定好今天见面详谈似的。他恭敬地请语冰坐在长沙发上,小心翼翼地泡茶,又把办公室的门关上,关闭玻璃隔窗的百叶帘。一切妥当之后,他在语冰左侧的单人沙发上坐下。

非常少有的会面，一开始就是冷场。

两个人都是伤寒病容，迟钝，漠然，死就死吧。

什么？丢了，孩子丢了？

夏语冰眼前一黑，差点没昏死过去。她昨天夜里做了一晚上的心理建设，想到了各种不可思议、痛不欲生的场面，还是没有想到孩子会丢了。

语冰瞬间崩溃，本能的反应该是怒发冲冠地站起来，冲上去把薛一峰撕成碎片吧。薛一峰目光空洞，横下心来挨千刀的神情，令她相信这一切都是真的，并非虚言。她真想扑过去，抓住他的衣领叫他再说一遍，但是她没有，她全身都是软的，没有力气发火，整个人瘫在沙发上。

眼睁睁看着薛一峰的嘴巴一张一合，眉毛还一跳一跳，偶尔一边的眉毛跑到额头上去了，然后莫名其妙地又热泪盈眶了，痛心疾首了。真他妈的是戏精啊，默片都演得这么好。她的大脑一片空白。

她不知道他在说什么。

良久良久，才有一万只金黄色的母狮子在她的心头呼啸而过。

他妈的你给我拍戏啊，怎么会有这样的事。

丢了。周鸿儒丢了。他才只有四岁半啊。

你们自己的孩子会丢吗？

怪不得那时这两个混蛋立刻就跟她切断了所有的联系。语冰奄奄一息地想到，这个细节足以证明薛一峰并非胡言乱语。

夏语冰的神情一时肃穆高古，她真是枉活了一把年纪，自认为见过大风大浪，是德艺双馨的独立新女性。此刻她的天塌下来了，她能做什么呢？或者她下意识会做什么呢？当她和她的遭遇狭路相逢，冷冷对视，那些幻象不过是生活大师没空露出真面目而已。此刻的她，已变成惊慌失措的小妇人。

她拿出手机，毫不犹豫地拨通了周经纬的手机，想都没想美国那边是半夜还是凌晨，周经纬是在上班还是在开车。她不顾一切地按下了一串号码，拿着手机说道："经纬吗？薛一峰有话跟你说。"

她把手机递给薛一峰，薛一峰当然不敢接，只有手机里的周经纬在一个劲地"喂，喂"。语冰两眼冒出火龙，死死盯住薛一峰，仿佛随时可以把他点燃。

他们僵持着。

语冰始知，昨天晚上只是序幕，原来她的人间地狱是有地下室的。

九

晚上将近九点钟，门铃声再一次响起。

纳蜜认定又是快递小哥上门送货，拖鞋都没穿，只穿着袜子向门口走去。她现在在网上购买食品颇有心得，已经成为地道的剁手一族。

是薛一峰。

"你怎么不说一声。"她有点埋怨的口气,后边的那句话她咽了回去——提前打个电话你会死啊。

薛一峰没搭理她,眼光越过她的头顶向里面张望,轻声道:"有人啊。"

纳蜜瞪了他一眼:"有个屁,谁像你啊。"一边侧身让他进屋。

两个人演了一回恩爱夫妻,虽说没有假戏真做,彼此间仅有的一点装模作样也消失殆尽,反正到了后台,她永远都是气急败坏。

薛一峰如释重负,进屋脱了鞋,发现鞋柜前压根没有男人的拖鞋,两双客用拖鞋不仅是粉色的,上面还有羽毛,便也穿着袜子进屋了。纳蜜突然在门口的穿衣镜前看到自己蓬乱的头发,脸色暗淡唇色苍白,又穿着一件陈旧的黑色棉布夹袄,简直像个鬼。心里更恨薛一峰不事先打个电话,如果知道他来,肯定要敷个"钢铁侠"面膜,她的银狐色的绣花真丝晨褛不知多美,还有杀人于无形的香奈儿五号香水,气味似有若无,沉静英朗。

她没有别的意思,只是想告诉他自己活得很好。

她完全接受了自己:喝最好的酒,干最坏的事,过最衰的人生。夏语冰发誓一辈子不见她,她也是,谁要见她。谁要做她的陪衬,一做就是一辈子。

薛一峰穿着藏青色的休闲外套,左肩右挎一只黑色牛皮包。

因为负责政府关系,所以一直都是偏保守的打扮,与新潮绝缘。多年不见，这次相遇，感觉他倒是比年轻的时候成熟了不少，凡事并不喜形于色。至少现在，从他脸上看不出发生了什么事，他为什么这么晚要来找她。

他站在客厅里环视片刻，眼光停留在墙上挂着的那张美国佛蒙特州的摄影图片，良久。还是什么都没说。

终于，他在长沙发上坐下来，用眼神示意纳蜜也坐下来。

薛一峰打开黑皮包，从里面拿出一个牛皮纸信封，递给纳蜜道："打开看看吧。"

信封的设计还蛮别致的，总体素颜，只有左上端有一个红色的印章，上面写着"独立一号"，给人莫名的神秘感。

纳蜜打开信封，滑出来的是一摞照片。

全部是小桑君生活中原始状态的街拍，没有什么特别。

"什么意思？"纳蜜不解地看着薛一峰，道。

"他就是我们的孩子薛狮狮。"

"不可能。"纳蜜脱口而出，但语气坚定。

"千真万确，比珍珠还真。"薛一峰望着她，目光沉静如水。

纳蜜没有说话，也没回过神来，表情是完全不可思议。

一峰说道："我两次向夏语冰打听狮狮的现状，也难怪，她在盛怒之下，说我没有资格打听狮狮的消息。这当然难不倒我，我找了独立一号调查公司，他们虽然收费高，但是服务非常专业有效。"

纳蜜仍旧一脸疑惑："怎么可能？"

"有什么不可能的，你知道独立一号的差错率吗，我告诉你，是零。"

"我是说怎么可能是一个厨子啊，我们狮狮。"

"你说什么，你怎么这么不知足啊，"一峰起身，开始在沙发前来回踱步，一边搓着手指，急切地选择词汇，"厨艺师好吗，食品艺术家好吗，你还想怎样啊，狮狮有百分之五十的可能就是一个自闭症患者好吗。"他继而俯下身来，在纳蜜的耳边说道，"你知道我们占了多大的便宜吗，你还想薛狮狮是比尔·盖茨啊？"

"那我们现在怎么办？"

"当然是沉住气，先不要点破……我真的是被王大壮搞怕了，没有感情的铺垫，人真的可以变得那么决绝、冷酷。老实说，小桑君也是一面镜子，看见他就等于看见我们自己曾经的丑恶和不堪。我真的是还没有准备好，这孩子太干净了。"

纳蜜乜斜了薛一峰一眼，心里暗自冷笑，这件事发生以后，我们不都是一样的自私自利患得患失吗，怎么这会儿变得纯洁高尚了，骗鬼去吧，我们都是世俗到骨子里的人。

"你到底想说什么。"纳蜜面无表情看着薛一峰，道。

薛一峰无语，回望着她。

纳蜜一字一句道："夏语冰所吃的苦，我们没少吃一分一毫，你是来找我庆贺的对吗。"后面的话她没说，把自己撇那么干净，我们不就是一对狗男女吗。

薛一峰的脸色有点不自在。

纳蜜懒得看他，径自拉过金色酒吧车，拿出两个高脚杯，又找了一瓶上好的香槟，拧不开盖子，用夹袄里面的旧睡衣的衣襟垫着手拧，一边道："愣着干什么，到里屋去拿两袋酱猪蹄过来。"

薛一峰急忙转身而去。

淡淡焦糖色的酒液在高脚杯里吐着气泡,纳蜜喝了一口,味道醇正,价格永远是产品的说明书。片刻,又喝了一口,她的心情渐渐晴朗起来,嗯,薛一峰说得没错,小桑君的确是个干净整洁的孩子,举手投足,待人接物,无不体现出他的好身世、好家教。其实她后来不太敢追究狮狮的下落,也是因为过于担心他的健康。本以为这一辈子再也见不到自己的孩子了,真没想到他会从天而降,这才是上帝馈赠的礼物。

过了好一会儿,薛一峰都没有回来。

估计是找不到东西,他到这边来过吗?纳蜜记不清了。不过他找到她的住址再容易不过。什么独立一号,她压根都不知道还有这样的公司。

经过走道,里屋的门开着,纳蜜走过去,看见薛一峰靠着墙抽烟。

纳蜜道:"叫你拿吃的,你怎么抽上了?"

"这些东西都是你买的吗?"

"难道是你给我买的吗。"纳蜜漫不经心,看着半间房子的食物,从橱柜到床上、地上——这里本是一间客房,长年用不上,然后就变成了储藏室。

"买这么多,你吃得了吗?你是开网店的吗?你疯了吗?"

他还是一家之主的口气,原来他在这里思考她的人生。纳蜜弯下腰去,找到两袋酱猪蹄,还有一袋王奶奶煮花生,都是真空包装让人放心的食品。离开时她正对着他的脸,声音不大但像石子般强硬道:"关你屁事。"

她走了，来到客厅开始气势如虹地啃猪蹄。多少年来，人们记住的都是食品的美味、果腹作用，完全忽视了它的陪伴作用，而它们才是她的后宫三千。每天，每月，每年，无论是中秋还是过年，她都是独自出门，独自开车，独自一人归来。自从丢了孩子以后，薛一峰走了，家庭没有了，情感这件事彻底地把她遗忘了。对她不离不弃的只有红油猪耳，漫漫长夜，他妈的薛一峰你在哪儿啊，在搂着模特睡觉吧。

而她除了独斟独饮，便是两行清泪，一枕冰霜。

这个晚上，两个人就是相对而坐，默默拼酒。

薛一峰很快就醉了，倒在沙发上昏睡过去。纳蜜去找了条毛毯给他盖上，在他身边站了一会儿，他睡着的样子还是挺迷人的。

像个孩子。

纳蜜回到自己的卧室，她是属于那种喝嗨了就会兴奋的酒徒。

她没有半点睡意，非常不满意这个还算美妙的晚上居然什么都没有发生。她希望发生什么呢，如果刚才在里屋薛一峰突然紧紧抱住她，感叹她的生活是这样空洞和无助，他对她也是有责任的，他们之间会发生什么吗？

什么都别想了，纳蜜倒在床上。桑蚕丝的被子温存水滑，她把自己脱个精光，裸睡，肌肤的每一寸都是柔润如玉的，可是那又有什么用。

这套奇贵无比的房间里有男人和没男人结果是一样的。所有的想象只不过是戏精附体，她和薛一峰是回不去了。正如她毁了夏语冰,也毁了他们自己。

毁了关于他们自己的一切。

薛一峰醒了,但没有睁开眼睛,躺在硬板床上反应了老半天,才确定此刻身在山东青州公安局招待所。

昨天晚上请刘漂喝酒,刘漂说小饭馆可以,大酒店犯错误。一峰心想你一个一般工作人员想犯错误也不容易,再说你们这儿有啥大酒店啊。想是这么想,嘴上道,我跟着你走,你说上哪儿就上哪儿。

刘漂挺高兴,带他去了一家熟人开的小饭馆,点了一个四喜丸子和一个爆两脆,外加一瓶孔府家酒,刘漂说再点个青菜就够了。薛一峰说青菜你回家吃吧。又问跑堂的伙计,你们这里最硬的菜有什么。伙计说是油焖大虾。薛一峰说好,就来一个油焖大虾,再来一个九转大肠下酒,四个菜没汤,也符合政府的要求。

酒过三巡,刘漂的小脸微微泛红,道:"兄弟,你这人还真是让我印象深刻,认亲不认人的事本来就少,王大壮还真的就不认你和薛婶。更少见的是做亲子鉴定这么严肃的事临时换了人,幸亏你事先写了书面报告,要不我跟领导都说不清楚这么复杂的事。"

薛一峰捧着酒杯忙道:"对对对……"竭力做出诚恳谦卑的样子。

但其实这种无官衔口气大的人他见多了,什么兄弟,一个青瓜蛋子该叫他大哥才对,那没办法,政府部门的人都是自带牛气的。

然后，自罚三杯。想让刘漂高兴，那是太小的 case。

前几天，周经纬从美国赶回来了，尽管脸色铁青七窍生烟，三个人还是要硬着头皮坐下来统一口径：当年，周经纬和夏语冰要赴美国深造，由于条件所限，只好把孩子留在薛一峰的家里抚养。万没想到孩子会丢了，从此两家人绝交，切断了所有的联系。现在孩子找到了，当然是他们两口子来做亲子鉴定。

于是薛一峰给青州公安局打拐办公室写了书面报告，委托刘漂上交。有关领导批复了之后，他才带着周经纬和夏语冰一起过来，到达青州的第一件事就是去做亲子鉴定，因为正常情况下，鉴定报告要七个工作日才能拿到，加急也要三天。所幸的是王大壮的血样上次已经留存下来了，这一次办事变得顺利、简单。但是青州这边的有关领导坚持，必须等到鉴定报告出来，才能决定下一步怎么做，否则所谓亲生父母变来变去，政府行为没有严肃性，也没法跟王大壮和邓小芬一家交代。

这次做亲子鉴定当然是加急，然而即使是三天，等待的时间也是度日如年。本以为周经纬和夏语冰会轮流上演暴跳如雷恶语相向的戏码，但是没有。

他们用沉默来对抗他，候机时各自枯坐相隔甚远，在飞机上全程无交流，平时不到万不得已，不跟他说一句话，在招待所吃饭选择自助式，也不会坐在同一张桌子上。甚至他们住的房间，他有事敲门，也只是站在门口交流，公事公办然后轻轻关上门。

等待的这三天，白天，夏语冰在房间里用笔记本电脑办公,远程处理公司的各项事务。晚上,周经纬用笔电处理美国的公务,因为美国是白天。这样一个人白天睡觉,一个人晚上睡觉,即使在这么糟糕的情绪里,他们也保持了起码的风度和体面,并且对刘漂等人非常客气,彬彬有礼。他们这样度过漫漫三天,也是刘漂告诉薛一峰的。

老实说,薛一峰从来没有羡慕过任何人的婚姻,在他看来真实的情况基本都是维持表面平静,实际上暗地里全是鬼打架。婚姻最大的问题,是一个人对另一个相关的人丧失了最后一点敬畏之心,既然你中有我,我中有你,彼此最放肆的状态就会暴露出来,没有遮掩,没有美感,更没有所谓的感恩之心,根本呈现不出高尚和优雅。但是他必须承认他是羡慕这两口子的,没错,就是眼皮底下周经纬和夏语冰这两口子,他们的语言、行为、举动就像一支军队,训练有素。

而他们看彼此的目光始终是认真的,关爱的,有时又有着一丝深深的宠溺。这一点是伪装不出来的。

反观他和纳蜜,一手好牌,打个稀烂。

尽管脑袋有些昏沉,薛一峰还是起床了,无论暂时有事没事,他大老远地跑到山东来,肯定不是为了睡觉。并且,在昨晚的推杯换盏之间,他已经和刘漂变得惺惺相惜,他要求刘漂必须让他们一干人到大壮家去看一看、坐一坐,再不能无功而返。

拉开窗帘,外面下雪了,本来天气预报是有雪,但没想到是鹅毛大雪,房檐、树木、道路铺满一层洁白。

薛一峰站在窗前发怔,这个冬天对于他来说实在难熬,不是因为寒冷,也不是王大壮还有夏语冰两口子对他的态度。

世事艰难，他的忍功早已练得非常人可比。目前的问题仍然出在纳蜜身上，明明她是罪恶之源，但是她现在显得比谁都苦大仇深，怎么说，都油盐不进。譬如他对她说，周经纬回来了，我们诚恳地请他们两口子吃一顿饭，缓和一下关系。她马上回说你觉得他们俩会来吗。他说不管人来不来，话要说到，也是我们认错的一个机会。她沉吟片刻说会改变什么吗。气得他说你到底想不想息事宁人。她冷笑道，我想，有用吗，但我也不害怕夏语冰，叫他们报警好了，警察把我抓进去算息事宁人了吧。

这都什么情况啊，从小到大，女人是怎么想事的，他就没闹明白过。

任何一点死灰复燃的想法都被她的流星拳打飞了。

叮咚。有人来了。

薛一峰走过去打开门，迎面站着刘漂，圆圆的脑袋上戴着一对棉护耳，有点滑稽的样子。他的身后是周经纬和夏语冰，例牌的扑克脸。

他把他们让进房间，刘漂扑打了一下身上零星的雪花，道："亲子鉴定的结果下来了，你们一起听一下。"然后打开手中的大信封。结果当然是毫无悬念——周经纬和夏语冰是王大壮生物学上的父母。

屋里出现了短暂的静场。

还是刘漂打破了死一样的寂静，道："我已经跟邓小芬说好了，今天中午去她家吃个便饭。你们收拾收拾，十一点我就带车过来接你们，去乡下也得开一阵，又是下雪天，赶早不赶晚。"说完这些，他就走了。

剩下三个呆如木鸡的人。

这一次,是周经纬的反应比较大,始终表情僵硬目光呆滞,尤其是面色死灰完全没有了生气。这也难怪,在此之前,虽然他愤怒的反应都还正常,但那终是模拟考试、实战演习、带妆彩排——与现实隔着世界上最远的距离。终是别人的故事,似乎唏嘘之后不必当真。现在鉴定报告出来了,所有的一切都证实了,一个叫王大壮的农村青年才是他真正的亲生儿子。这样的结果无论对谁,委实太残酷了。

由于优质优秀,在薛一峰眼里,周经纬属于那种被全社会哄得很扎实的宝贝级大男孩,的确是人见人爱车见车载。别的男人必经的风雨,都被各式各样疼爱他的人挡在身后,他真是男神一样的存在,有本领让陌生人莫名其妙地喜欢他,对他好。

相貌贵气,身材是健身房训练出来的那种笔直、有型、强壮,穿着衣服都能感受到他漂亮的肌肉,常春藤名校毕业,娶到高智商白富美佳丽,成为人生赢家的典范。

这一棒子把他给打蒙了。

他久久地一声不吭,神情颓废,刹那间老了好几岁。是被夏语冰扶回房间的。

这是一个普通的农村庄稼院。坐北向南一溜平房,房子的边上有几棵树,但因为冬天只有枝干没有叶子,不知道是什么树。院子里有两只粗铁丝拧成的大筐,里面全是金黄色的玉米棒子,堆得老高,形成垛,上方用油布盖着。另有一台拖拉机,也盖着塑料布。院子里没人,但是显然刚刚收拾过，扫了雪，露出一条土路。

刘漂喊了一嗓子，屋里马上出来一堆人，迎了过来。

夏语冰根本认不清谁是谁，刘漂一一介绍，她就微笑着握手，感觉每一双手都粗粝有劲，是她所不熟悉的另一类人。

还是不知道谁是谁。后来介绍到王大壮，他站在人后，神情淡淡的，并不肯与人对视。这么冷的天，他没戴帽子，剃着硬茬板寸，眉眼周正，是那种贫寒的英俊。周经纬抢先拉住他的手，一直盯着他看，让他有些不自在。

邓小芬急忙说道："进屋，进屋。"

大伙又是一团人往屋里拥。但是姐姐王美华和大壮没进屋，直接去了厨房忙活，还有大锤的媳妇接着切菜。这一切在堂屋透过玻璃窗都能看见。

邓小芬叫王大壮进屋，他不肯，在院子里劈柴。

他穿一件迷彩图案的拉链棉服，牛仔裤，抗冻的大头鞋。可能是质地伪劣的原因，怎么看都是一个农村青年。

老王，大锤，还有美华的老公，邓小芬，两个半大不小跑来跑去的孩子，加上刘漂这边一行就有四个人，堂屋虽然宽敞还是坐得满满当当，每一张笑脸都是既热情又尴尬，但还是努力热情洋溢。显然，刘漂已经做足了功课，把所有的情况给邓小芬交了底，所以他们对于新冒出来的两张陌生面孔也不吃惊，更不追问，全盘接受。

老王老实巴交的没什么话，但一直都是笑模样，偶尔搓搓手指头。大锤随他，相貌堂堂是个闷人。他的媳妇不漂亮，又黑又瘦。邓小芬详细介绍了大锤媳妇娘家有多富裕多殷实，盛赞自己脚上橘黄色的袜子和假耐克鞋都是媳妇给买的。美华长得不错,家里人都管她叫美子。她丈夫属于北人南相,看着也精明,邓小芬说女婿开一家小型的铝制品加工厂,业务发展得还不错。

她自己穿了一件陈红色中式对襟棉袄,肩膀后背还有折痕,一看就知道是压箱底的见客时才穿的好衣裳。

语冰对邓小芬的印象很好,她神情自然放松,但目光炯炯有神,看着就是一个既有胸襟又善良包容的人。

她拿出花生红枣来招待客人,说都是自家种的,我们庄庄户户的也拿不出什么像样的东西。又介绍院子里的树是枣树,还有一棵石榴树。夏语冰也带了见面礼,是隆重的两瓶茅台酒和两条中华烟,只有茶叶是广东本地的凤凰单丛。礼品包得严严实实不露真容,放在一侧的桌脚旁边,夏语冰没有大张旗鼓地送礼的习惯。

大壮劈完柴又到厨房干活,熟练的程度行云流水,显然这些活他是从小干到大的。语冰的心被扎了一下。

大伙都在尽其所能地没话找话,只有本来能说会道的周经纬一句话都不说,而是眼睛直直地望着窗外,因为窗外可以看到大壮的一举一动。语冰轻轻碰碰他,他才回过神来,但是不一会儿又走神了。然而仔细端详,经纬发愣的时候,他不再倜傥潇洒的时候,眉宇间的确有一点似曾相识与王大壮遥相呼应。语冰暗自叹道,血缘关系委实是太神奇了,由不得你信,还是不信。

准备吃饭的时候,老王和大锤从里屋抬出一个大桌面,架在原先的八仙桌上。桌面虽然大,但还是被七碟八碗的菜给堆满了。至于具体是什么炒什么,语冰也搞不清,本来对鲁菜就毫无研究，何况此时此刻她会有胃口吗？

老王拿出珍藏的青花瓷二锅头，刘漂急忙制止："不喝酒，喝酒犯错误，不喝酒就是吃便饭。"

又说："吃个便饭这菜也太多了吧。"

众声都在说客气话，说平时请不来你呢。屋里充满浓厚的乡音，说白了就是土得掉渣的山东大葱话。

邓小芬到厨房把大壮叫过来，小声叮嘱他，还特意让他坐在夏语冰和周经纬的中间。他闷着头高低不肯，一定要坐在邓小芬旁边，吃饭的时候，还时不时给邓小芬夹菜。语冰把一切看在眼里，并没有明显的失落之感，这只能说明邓小芬对大壮不仅有养育之恩，也不曾亏欠过孩子。

但是这也充分说明大壮童年的创伤记忆阴暗灰沉，坚固深长，他被人扔在大街上，在陌生的地方没饭吃没水喝，一整天惊恐万状，不知道下一秒钟会发生什么。想到这里，语冰感受到从未有过的锥心之痛。

她当然什么都吃不下，没有嗅觉，没有味觉，甚至没有思维。

大壮一直低着头吃饭，夹菜也只夹自己眼前的几盘菜，很快就吃完了。趁着大伙在说话，他默默放下碗和筷子，起身离去。

不一会儿，听到院子里有拖拉机启动的声音，邓小芬急忙追了出去，一边喊道："冬天地里又没活儿，你干吗去？赶紧回来。大壮，大壮……"

大壮头都没回，开着拖拉机走了。

饭桌上的气氛降到了冰点，薛一峰和刘漂赶紧救场，说些有的没的。

美华的老公也很识相，急道："刘公安，咱们还是喝点酒吧，干吃席也吃不下去啊。"一边说，一边要去拿搁在柜子上面的青花瓷二锅头。

刘漂制止道："别别别，喝酒犯错误，那我也坐不住了。"

两人正在推让，一直呆坐的周经纬突然用英语平静地说了一句："我想杀人。"

夏语冰看着他，一时不知所措。

周经纬又说了一句："我他妈的想杀人。"

语冰这才反应过来，用英文劝道："你冷静一点。"

不等周经纬回话，刘漂望着周经纬道："大哥，怎么了？"

语冰解围道："……他说你们这里的食材非常新鲜。"

刘漂忙道："那是那是，都是自己地里种的，不光新鲜，用时髦说法是有机菜。"

于是大伙又说了说农村土地的污染问题。其间，语冰一直用眼神制止经纬的过激反应，见他暂时平复了情绪，才小声地跟身旁的美华说，她想上厕所。

美华起身带语冰去茅房。

茅房和猪圈在一起，语冰走进去，掩上门。一股恶臭扑面而来，十几头圆滚滚的大小不等的猪挤来挤去，根本不怕人，看着她嗷嗷直叫，里面还有两只旁若无人踱来踱去的公鸡。土制的茅坑就是一个坑，两边架着木板，里面的粪便堆成小山，茅坑和猪、鸡之间毫无阻隔，蹲下去猪拱到屁股也不稀奇。

夏语冰肃立在昏暗的猪圈，潸然泪下。

村路、树干、田野和农舍都在快速地后退,车身颠簸着。本来车上的音响播唱着《好日子》,被坐在副驾驶位的薛一峰关掉了。车上没有人说话,夏语冰望着窗外,雪早已经停了,在她眼中更加成为黑白世界,宇宙间没有色彩,那些单色调后退的景物犹如时空倒带,在脑袋里咔咔作响。

她突然理解母亲了,一个去向不明的孩子,你拿她一点办法都没有。那种深刻的绝望,夏语冰终于理解了。她对不起母亲。

刘漂的车把大伙拉回招待所时,天色已晚。因为一直耽搁在邓小芬家说闲话,以为大壮还会回来,所以没走,但是大壮根本就没回来。

下车谢过刘漂,大伙各自散去。

路过招待所一楼的小卖部,经纬买了一些青岛啤酒和方便面,提着上楼。语冰跟在他的身后一言不发。两个人仿佛战场归来,疲惫不堪心力交瘁。走到二楼,经纬看到薛一峰住的客房门开着,他站在门口叫服务员给他送两瓶纯净水。经纬大步走过去,完全没有前奏地,不由分说地,没头没脑抡起提兜就打。薛一峰下意识地抱住头,铝罐的啤酒滚了一地,方便面也掉了出来。

没有了提兜,经纬又一拳打在薛一峰的胸口。薛一峰根本无力招架,倒退数步,跌倒在地上。夏语冰从身后死死抱住周经纬。

她知道他经年出入健身房,手底下没准。

果然,薛一峰一只手捂在胸前,面色苍白,嘴角也出血了,额头瘀青,半天爬不起来。

语冰把经纬硬拉回他们自己的房间,把他推到床上,放倒他,给他脱了鞋子。再出门捡啤酒和方便面,这时候薛一峰已经站起来了,对着惊恐万状的女服务员说没事没事。

语冰并没有跟他说话,捡起东西,回了房间。

只见经纬倒在床上,闭着眼睛,胸口仍旧明显地一起一伏。

直到晚上九点多钟,经纬的情绪才渐渐缓过来,但仍旧阴沉着脸。他决定今晚不办美国公司的公了,笔记本电脑都没打开,只发了一条微信找借口通知那边。

然后用电热水壶烧水泡碗面。

语冰道:"你饿了?"

"嗯。"

"我也没吃什么,吃不进去。"

"谁能吃进去,难吃得要命,跟吃屎一样。"

"周经纬,你今天有点失态了……"老实说,夏语冰的确没见过周经纬的这一面,他完全变成了另一个人。以往他是温润如玉的,几乎没有任何事情会激怒他,别人争得头破血流的东西,他都是一笑而过。

经纬仍旧背对着她,声音里没有感情色彩,道:"我不是失态,我就是失控了。我他妈就希望自己是个野蛮人,先杀了那个嫌贫爱富的俗女人滕纳蜜,快意恩仇。文明是个屁,不就是装吗,我他妈的装够了,装不下去了……我看见我们的周鸿儒开着拖拉机头也不回地走了,我只想追出去……想对着他的背影喊,鸿儒你回来,你回来,你回……"他哽咽得说不下去了,始终没有转过身来。

这个晚上,经纬就着方便面,喝了很多啤酒,昏睡过去。

房间里只开着落地灯,语冰坐在灯下的沙发上。她想起临走时,邓小芬对她说:"大壮这孩子仁义,送他上学的时候,我给他纳了一双千层底的布鞋,他舍不得穿,穿着出了门就脱下来放在书包里,到了学校才穿上。我就奇怪,大锤和美华的鞋都烂了,为啥就他的不烂,后来才知道是他懂得节俭、惜物。后来鞋小了,穿不上了,还有六成新呢。"语冰的心尖都抖了,脸上笑道:"这双鞋现在还在吗。"邓小芬道:"在,我也不舍得丢。"她去把鞋子找了出来。鞋子用旧的豆绿色的方头巾包着,打开,青黑色的鞋面,千针万线的鞋底针脚密实得麻眼睛。邓小芬又道:"现在我们都不做鞋了,年轻人也不穿啊,他们穿耐克。"

语冰说道:"这鞋能送给我吗。"邓小芬道:"你拿着吧,多少是个念想。"

语冰打开提包找出那双鞋,看了又看。

她用手轻轻抚摸着粗软半旧的鞋面,像抚摸着一个孩子的脸。又撑着手指头丈量了鞋底的尺寸,估摸着这大概是大壮十岁时穿过的鞋子。十岁,他已经学会了看脸色,知冷暖,惜物懂事。

良久,她把眼睛从泪水里捞出来,如同两只水蜜桃般汁液纵横流淌。村上说,人都是一瞬间变老的。

十

南方的冬天,总有几天气温会突然飙升到二十七八摄氏度,热得和夏天一样。

后花园里便又无声无息地热闹一阵,两棵樱花树,花儿开得跟年轻的女孩子一样,女孩们穿上各种俏丽的春装,美一会儿是一会儿。樱花明知道是冬季,仍旧赴死般地争相怒放,嫩粉欲滴,不负疑似的春光。

纳蜜坐在御用的矮凳上,在樱花树下拔草。

她也的确没想到忽如一夜,竟然迎来了自己生命中的小阳春。

每次小桑君到培训基地来上课,她都会悄悄坐在教室的后排,她不是听课,而是看着小桑君上课。偶尔,她也会穿上围裙,站在料理台前,学做寿司。她对厨艺其实毫无兴趣,但也只有这样才能跟小桑君搭上话,慢慢熟悉起来。

薛一峰说得没错,小桑君就是一个艺术家,他额头光洁,目光清澈,手指修长灵动,全身上下没有一点世俗习气,仿佛天外来客。

妈妈级的学员们总是在背后夸他,睫毛怎么这么长,这个男孩怎么这么纯良优秀,还是腼腆的样子最可爱吧。凡此总总,不一而足。每当这种时刻,就有一个无比骄傲的声音出现在纳蜜的心底,你们也不看看这是谁的儿子,这是谁的基因。说来也怪,纳蜜总是能在小桑君的身上看到父亲滕哲的神韵,怎么看,这个年轻人身上都有父亲的影子。这一点,以前也跟小桑君碰过面,竟然毫无察觉,的确是一点一点浮现出来的,相当神奇。如果校花妈妈知道了这件事,那种瞬间燃发出来的爱暴力,该不会亚于大型杀伤性武器吧。

然而每次见到小桑君又是一种折磨。

她想过,她把他单独叫到办公室里,给他优厚的超出过去数倍的讲课费,等时间长了,再告诉他身世之谜。不行,太庸俗了。

又想,她约他去爬山,寄情山水,让他知道她其实是一个有品位、有心胸、有格局的人。不行,太唐突了。

也想过在寒潮来临的夜晚,在街边的大排档吃夜宵,喝九江双蒸,痛说革命家史。

很傻很天真,对不对?

总之都不行。

纳蜜拔完草,又欣赏了一会儿樱花,才回到办公室。

临走时花工送给她一小盆宝莲灯,这种花是低头开放,四片对称的蒂子是艳粉色,花朵深紫,吐出的花蕊又是粉色,犹如一颗一颗精致的迷你宝莲灯,喜感十足。

花工说道:"宝莲灯不是名贵,是比较稀少。"纳蜜道:"所以呢?"花工笑道:"所以能看的时候就多看两眼喽,不然就没得看了。"纳蜜哦了一声,心想受教受教,花期至此,人生如是。没有我唱不了戏的舞台,一切都在把握之中。

她把宝莲灯放在办公室的窗台上。

办公桌上放着一摞没有拆封的信件,显然秘书已经来过,桌上有沏好的茶水，是她喜欢的小青柑，温和的熟普相伴着淡淡橘香。她边喝边一封一封查看大约是什么地方发过来的信函，简单判断一下其重要程度。现在时兴线上办公，所以呢，这么老土的联络模式反而显得郑重其事，同样不能忽略。

不过，每天的事情太多了，总要有个轻重缓急，有些例行公事的格式化公文，直接就可以扔进废纸篓了。

这时有人敲门，梁少武走了进来。他把一些文件拿到纳蜜的面前让她签字，纳蜜还是认真看过才签名。

少武冷不丁道："你今天搽粉底了？"

"没有啊。"她看他一眼。

"气色怎么这么好？"

"刚才在花园里看樱花……你还知道粉底……"

"我怎么不知道粉底，我老婆用什么色号的我都知道……别想岔了，我可是正宗异性恋啊，我最爱女人好吗。"

纳蜜笑道："我说什么了，也不知谁想歪了。"

"那你是怎么回事，脸色这么好，谈恋爱了？"

纳蜜横了少武一眼："谈你的大头佛。"

少武诡秘地笑了笑，走到门口时又转过身来，道："那今年的各种联谊活动，还是我去应付吧。"纳蜜点头称是，转念又道："什么联谊啊？"少武道："就是每年年底，各个单位、公司、企业什么的，不是要维系各种良好关系吗？总要跟各种领导、客户、兄弟机构现在叫战略合作伙伴关系，联络感情嘛。"

灵光一闪。

纳蜜重新翻找刚才看过的信件，结果从废纸篓里抽出其中的一封,打开又看了看,对着少武不解道:"一个小小的美容院,居然在四季酒店开联谊会,你看看这个邀请名单还挺吓人的,都是些达官贵人。"少武见怪不怪道:"这有什么稀奇的,高卡司的联谊会不是在哪里开的问题,反正都是五星级酒店,不然有头有脸的人谁肯出席?关键是高等级的抽奖才是真正的戏肉,而且没有人落空,还有人抽到汽车呢。"

纳蜜话锋一转道:"那我们培训基地为什么不开联谊会?"

"是你不感兴趣啊,你说没意思,说我们对授课老师的尊重和认可,就是付最高的劳务费。这是我们培训基地一贯的风格。"

"风格也是可以改变的嘛,今年我们也搞联谊会。"

少武一愣,着实感觉意外,重新走回纳蜜的办公桌前,满脸写着"你说的是真的吗",嘴上却道:"滕主任,你觉得有这个必要吗?"

"怎么没有必要,团结我们的授课老师啊,而且我们也搞高卡司的,抽汽车就算了,抽个电视机、电冰箱还是可以的,或者抽苹果手机。"

"那要花很多钱啊。"

"你这个人啊……好了好了,不说了,你去写个方案并且打个预算出来……有些钱又落不到我们口袋,花也就花了,还留着过年啊。"

布置好这件事,纳蜜还反复叮嘱少武,每个授课老师都要请到,一个一个落实。

少武答应着出去了。

纳蜜突然心情大好。有些事情,必须做得毫无痕迹。

原来男人也知道粉底，知道有多少色号，知道质地是哑光还是天鹅绒。纳蜜摸了摸自己的脸，面若桃花……女人在这方面就是天生的脑残，明明知道所有的赞美都是谎言，为什么心里还是长出两棵樱花树呢。

整个下午，纳蜜都在泡澡，敷面膜，洗头，吹发型，然后精心地化妆，必须似有若无，宛若素颜。越是重要的场合，她越不希望自己隆重地出现，无论多么时尚的装束，假如没有一份随意包装在外，那就是天大的败笔，就是一个字，土。

吹风筒发出了喷气式飞机启动的声音。这一只戴森牌吹风筒的动静的确有些夸张，产品介绍更是夸夸其谈，其实用起来跟普通的吹风筒没什么两样，但是怎么办呢，城中的时尚女性人手一个，还必须是鲜艳的玫瑰红色环的。所谓虚荣，就是明明知道不值但非常冷静地人有我有。这就是活在当下的纳蜜的价值观——她总是看上去还算朴素，但是内心绝不服输。那种空洞平凡的日子她早就过够了。

她也不知道自己怎么会有这么大压力，不就是创造一个"自然"的机会跟小桑君聊聊天吗，他们又不是不认识。

但还是希望做到最好——她和薛一峰看上去珠联璧合，比肩站立在精英阶层的前排，他们早已不是衣衫劣质、面色青黄的贫寒的知识分子，尽管学问还算扎实，工作认真负责，都遮挡不住黯淡穷酸的底色。现在的情况完全不同了，他们就是中国改革开放四十年的活标本，活出了自己的价值和尊严。

她希望最终小桑君会对他们两人刮目相看。

而不是饱受惊吓之后,只"哦"了一声,她不想看到一个都市版的王大壮。

她选择了一款冷色调的香水,琥珀和广藿香的组合是一种凛冽清冷的感觉,没有一丁点的温馨与甜腻。冬天用很冷的香,反而有敏感的层次,给人留下不俗的印象。她是想让他一下就记住她吗?

喷好香水以后,纳蜜忍不住又拨通了薛一峰的手机。

对面传来一个硬邦邦的声音:"干吗?"

"你还在山东吗,飞机什么时候起飞?"

"有事说事。"

"我想你今晚还是穿西装……"

毫无半点铺垫,那边的薛一峰突然暴怒,在手机里大吼起来:"你再也不要给我打电话了,一个破酒会你打来七八个电话,你有病啊,演戏还要演全套,还逼着我当群演,你不恶心我还恶心呢。前面两个电话还问我在山东顺不顺利,你脑子进水了吧养鱼了吧,能顺利吗,会顺利吗,我是到山东来旅游的吗。我告诉你我被周经纬胖揍了一顿,嘴角都给他打破了你满意了吧……自从找到王大壮,当不了缩头乌龟了,我一直在反思我们的问题,你呢,你有半点悔意吗?还演起来没完了演成八点档了,真是天下第一大奇葩。你惹出来的事,我在这里给你擦屁股。我这辈子最倒霉的事就是当初遇到了你,我肠子都悔青了。我今晚不去不去不去。"他哇哇一通乱喊,之后挂了线。

她本来想说我们把穿衣服的色彩搭配一下,结果当头棒喝。

放下手机，纳蜜倒也不生气，以前的模式就是这样，只有把薛一峰惹毛了，她这头才能心静如水。

啦啦啦。

胖揍，像周经纬这么风雅的人，处事也会失态、变形吗？难以置信。

折磨，互相折磨，互相深深地折磨，这也是生而为人的本性啊，就像人生的意义那么鸡汤那么丰富，其实是一样一样的。亲爱的薛政府先生。

纳蜜打开衣柜，开始挑裙子。柜门洞开，华服如林，她像检阅自己的队伍一样，行注目礼，内心无比骄傲。再怎么说，她也活出来了，用自己的汗水、眼泪和苦力创造了自己想要的生活，不再是别人眼中的陪衬和笑话。

她挑了一条高级大象灰的改良款旗袍裙，立领，掐腰设计，曲线分明紧凑，裙长至膝下两寸，正好露出她修长美丽的小腿，黑色的透明丝袜搭配一双黑绒面蝴蝶结的高跟鞋。此外，她还选择了一件干枯玫瑰花色的薄羊绒外披。

饰物她没有选择富丽堂皇的珠宝，而仅是一枚穿山甲的动物胸针，尖利的甲壳镶满水钻，眼睛是两颗绿宝石，戴在胸前像肩章一样神气活现。

室内小型乐队正在演奏舒伯特的《死神与少女》，舒伯特的音乐就像是弦上的芭蕾舞，轻盈优雅，时而欢快时而跳跃翻飞，同时贵气十足。

纳蜜走进花园酒店国际宴会厅的时候，客人已经来了大半，现场乐队的琴弓齐刷刷地直上直下，激情澎湃。会场的中心是一个舞池,雪花灯此起彼落变幻莫测。四周便是富足的美食美酒,各种精美的点心、果盘、巧克力喷泉,任君品尝。年轻的男服务生穿着制服,脖子上戴着蝴蝶结式的领带,单手托盘,左手背在后面,到处穿梭,不断地端出食品,或者照顾着每一个客人。

梁少武虽然是少有的西装革履,但还是满场子张罗。

他这个人的缺点是抠门、琐碎、层出不穷的省钱攻略,优点是办事靠谱,细节一件一件落实到位,花有限的钱,办最多的事。

譬如这个中规中矩老派的五星级酒店,建筑款式相对保守,肯定不够炫目,但是宴会厅够大,够气派,没有压抑之感,并且可以满足闲谈、走秀、跳舞、抽奖等所有的节目安排,价格相对也比较公道。

环顾了一下现场,灯光调试得柔和、稳定,一切都显得从容温厚,品位上乘。纳蜜还是相当满意的。

这时已有一些熟人、朋友、授课老师认出了她,他们向她走过来,围着她热情地寒暄。纳蜜还是非常享受被人重视的感觉,谁都知道她是整个培训基地的一支笔,集人权、财权、选择权于一身,被她认可也算是找到了人生另一个金矿。时代越是发展,平台越是重要,单打独斗的英雄早已退出历史舞台。

纳蜜满脸堆笑,回应着各种嘘寒问暖,但是眼角无时不像雷达一样,搜索着小桑君是否来到会场。

只要心诚,石头都会开花。小桑君果然如约而至,只是他低调地找了个不起眼的地方坐下来。他穿着随意,毫无刻意打扮的痕迹，神色稍稍有些好奇，手里还拿着一个矿泉水的瓶子，偶尔喝一两口。

会场的灯光渐渐暗了下来，黑暗中的乐队停止了演奏，乐手们纷纷放下乐器，处于各种休息状态。舞台上的聚光灯渐亮，随着电子音乐铿锵有力地响起，培训基地最新一期的模特班学员走上舞台。她们衣着鲜亮华丽，蓬勃养眼，据说今年流行的是马卡龙色，各种娇嫩纷纷登场，给人不负春光之感。与这一切相匹配的是模特们冷漠的表情，她们操着专业的猫步、飘逸的体态，在舞台上停滞、转身、扬长而去。

所有人的目光都被吸引到了舞台上。

像一个幽灵，纳蜜飘移到了小桑君的身边。他今晚穿一件雾霾色的西装，白衬衣，没有打领带，米色的长裤。平时他很少穿得这么正式，来培训基地上课，不是休闲卫衣便是条纹毛线衫，青春无敌。认真地穿了西装就更加醒目明亮，成为行走的胶原蛋白加荷尔蒙的混合体，帅到爆表。

他们自然而然地攀谈起来。

仿佛只是一会儿的工夫，模特秀就走完了。乐手们又开始重新归位，室内乐队奏响了圆舞曲的乐章，一对对的舞伴下到舞池。

"你会跳舞吗？"纳蜜问道。

"会的。"

"我说的是交谊舞，很老土的这种，不是蹦迪。"

小桑君笑道："都可以啊。"

纳蜜有些惊讶，于是她跟小桑君下到舞池，跳了一曲，感觉非常不错，无论是步伐还是节奏小桑君都显得训练有素。

"你是专门学过的吗？"

"是我妈妈教给我的。"

"哦。"

"她希望我能多与人交流，她说如果你什么都不会怎么交流。"

"你与人交流会有障碍吗？"

"小时候有。"

"完全看不出来，感觉你很好相处。"

"我还会打拖拉机和斗地主，都是我妈妈教给我的。我小时候不理人，只有一个朋友就是我妈妈。"他的话语里充满了自豪和崇拜。

适度的黑暗掩饰了纳蜜脸上些许的落寞。在三步舞曲一圈一圈的旋转中，纳蜜遥想起当年生孩子时的艰辛：难产，她耗尽了力气，还是生不出来。在动用产钳的过程中，夹伤了孩子的头，以至于狮狮生出来好久，一直没有哭声。

一时间产房里静得可怕。

纳蜜至今记得，她当时气若游丝地死守在意识的边缘，直等到那"哇"的一声响后，她才昏死过去。

所以狮狮早期出现所谓自闭症状并不奇怪。

多少年过去，她现在被一双年轻而有力的手臂托着，整个人云里雾里地飘了起来。这种感觉非常奇妙。

也非常不可思议。

纳蜜开始有些眩晕了，忽明忽暗的雪花灯，各种晶莹剔透的酒杯，像艺术品一样精美的糕点，还有同样在旋转的裙裾和舞鞋……还有节奏、旋律、舞步，所有的一切都被一双年轻而有力的手臂搅动起来，开始翻飞。

总而言之这个大费周章的夜晚既梦幻又真实，对于早已没有梦想的她来说，幸福来得有些突然，又有些令人难以置信。只可惜，薛一峰真的没有来。不知他是赶不回来还是赌气，反正再打他的手机全部是关机。

蹦迪的音乐响起之后，更多的人拥进舞池。

尤其是年轻人，他们更喜欢急促的刺激和变幻中的飘忽不定。很快，小桑君的身影就被红男绿女的肩背彻底淹没和覆盖了。

大团大团的迷雾一一散去，夏语冰才清楚地看到，是王大壮开着拖拉机回来了。他叫了她一声，妈。她当即就扑了上去，她拉住他的手，她说孩子，我的孩子。可是她怎么都抓不到大壮，虽然他就在她的面前。

然后，她就醒了。

她两手紧紧抓住的是小桑君。小桑君进来送白粥，看见她两手在胸前胡乱抓着，于是叫醒了她。

从青州回来以后，夏语冰就病倒了。

虽然只是偶感风寒，但是症状却十分夸张，不仅发烧，还整夜地咳嗽，然后是全身的骨头痛，没有半点胃口。

嘴巴里也是苦的，何姐姐每天都会煲一些白粥，她却根本吃不进去。

桌子上放的全部是药，各种药盒和制剂。

夏语冰心想，这样也好，就不用装了。如若不然，从青州回来要装作若无其事的样子，简直不知道该怎么演下去。

一夜没睡,刚才是昏沉沉地睡过去了。

小桑君如果不上班,就会跑到她的房间来陪伴她。

她赶他走,怕把感冒传染给他,小桑君便有些忧伤地看着她。她对他挥挥手,意思是不用过于担心。其实内心里,人在生病的时候情感上是非常脆弱的,她更希望的是小桑君能坐在她的床头,她一句话不说地拉着他的手,他们就这么静静地坐着。但是她知道这样不行,以往她也避免跟他过分亲密,因为不想他成为妈宝。他越是在精神上依赖她,她越是尽可能地让他独立生活,这才是对他负责。

"你上班去吧。"她嗓音有些嘶哑。

"嗯。"

"你爸呢?"

"他昨天夜里工作了,睡到中午刚起来,他跑步去了。"

"哦,你赶紧上班去吧。"

小桑君犹豫了片刻,见她表情坚定,还是走了。

本来,夏语冰以为她对小桑君的感情会变得复杂。

其实根本什么改变也没有。我们有时候还是太看重血缘关系了,从大壮身上就可以看出来,用时间打造的依存关系可能比DNA还要坚硬。

真正让她精神和情绪分裂的人也是王大壮。

因为真正的血缘关系又是无法忽视的,它能让看上去毫不相干的陌生人变得如影随形,就是插在胸口的一根钉子,无论白天黑夜随时都在那里。可是又没有办法,一点点撼动现状的思路都没有。一阵焦躁之后,她又剧烈地咳嗽起来。

这时周经纬走了进来,他还穿着运动服,见状赶紧坐到床头来,一边用手轻轻拍着语冰的后背。

"你给他寄几件衣服去吧,你看他穿的那是什么啊。"

她没头没脑地说道,但是周经纬听得明白,埋怨她道:"你还是好好养病吧,这些重要吗?给他买,给不给大锤和美华买,儿媳妇女婿买不买,再说了,你给他买,你觉得他会穿吗?"

"那就寄点钱吧。"

"寄多少,怎么跟邓小芬说。"

"那就什么都不做吗?"

"现在也只能什么都不做,总不能让人家感觉莫名其妙。"

夏语冰还想说点什么,结果又是一阵剧咳。

周经纬怕她着急,也不说话,隔了好一会儿才慢慢说道:"其实对于王大壮的反应,我还有些欣慰,至少说明邓小芬待他不薄。再说了,如果他见了我们立刻要跟我们走,你怎么办。这边跟小桑君怎么说,跟你爸爸怎么说,他们都受得了这么大的变故吗……我们其实短时间内根本就不想告诉他们,不是这样吗?"

一时间,夏语冰无语,脑袋也冷静下来。

"有些事,"周经纬继续说道,"只能用时间来慢慢消化,慢慢解决。"

许多时候,语冰都承认经纬比她更理性,更从容。而今天却从他那里感受到一股强大的忧伤和无奈。这件事太大了,从头至尾,尽管他看上去还算镇定,但是夏语冰总能够感觉到他身体内的某些东西被摧毁了,或者说他的内核在渐渐枯萎。

她第一次感受到他无以言说的中年沧桑。

周经纬是一枚地道的暖男，他的话总能够说到她的心坎里去，几乎没有让她失望过。虽然在她的心底，那种超过一百度的激情之爱肯定不是错误，但也委实太艰辛了，艰辛到相爱的双方无法共处。也许正常的关系就应该是日久生情，有一个叠加和积累的过程，直到彼此欣赏，心领神会，成为人见人赞的神仙眷侣。

所以夏语冰不得不承认，真正适合她的人生伴侣其实是周经纬。幸亏有你。她很想把这句话说出来，但是她没有，甚至也没有看他一眼。

这时小桑君又旋风一般地跑了进来，他递给夏语冰一盒药，是小瓶吸管制剂。他说："妈，你一定要先吃这盒药。"

"为什么？"

"因为里面有爱，"小桑君神秘道："是外公到卫生所给你拿的。"

夏语冰咧了咧嘴。

小桑君道："妈你好久没笑过了，一笑好吓人。"

语冰蹙眉道："你怎么还不去上班？"

"这盒药一定要先吃，老干部专用。"小桑君做了个鬼脸跑掉了。

语冰和经纬互望了一眼，不觉有些黯然神伤。

父亲拿的药是中成药，方子里有一剂蜜罂粟壳。不知道是不是心理作用，夏语冰总是感觉那么多药里面，还是父亲拿的药比较有效。

两周以后，夏语冰的感冒基本好了，周经纬也订了回美国的机票。——毕竟，生活肯定是要继续的，即使是发生了什么天崩地裂的事，其实对生活本身并没有什么改变，天空如洗，江水静流，每个人撼动现实的能力都极其有限。

临走的前一晚，周经纬提出去酒店住一晚。夏语冰心想，有这个必要吗，或者有这个心情吗，还二人世界。其实一切都已经改变了啊，再怎么营造，一派温情的平淡日子业已一去不返了。

但是她什么都没有说，还是叫茉莉订了丽思卡尔顿酒店的商务套房。

也可以理解，无论如何，在家还是要装作什么事都没有发生。装，是一件挺累的事，生命中不能承受之重。

他们已经说好了，一切照旧。

所以下午入住酒店的时候，夏语冰感觉稀松平常。以往她和周经纬也会偶尔住一住酒店，换一个环境，主要是情绪上的休整，让身心先松懈下来。

晚餐他们吃的是西餐，一个香芒龙虾沙律和一个意大利海鲜饭，又喝了一点红酒。这是另外一种装，彼此都想把该忘记的暂时忘记，哪怕不可能，哪怕只是瞬间。因为你没有办法，无所不能的人类对于无能为力的事，总会有一种逃避的本能。

酒店的大床膨胀喧腾，看着就让人睡意蒙眬，语冰趴在上面想感受一下，不知不觉睡着了。昏昏沉沉中她感觉到有人在她面颊上轻轻一吻，甚是温柔。久违的欲念让她拉过周经纬，令他也躺在了大床上。经纬顺势伸出了一只手臂，她便拥住他的身体，倒在他的怀里，即使隔着衬衣，也可以感受到他强健的体魄。曾经，有很长一段时间，语冰每天打开微信，看到的都是经纬在健身房袒露的腹肌，或者冲浪后晒成麦色的胴体，还有就是小桑君晒出的寿司和菜式，简直看到想吐。

经纬搂住语冰，低声叹道："你好像又瘦了。"

语冰心想，这样的人生遭际难道还会有人胖吗。当然她没有说话，仍旧慢慢地抚摸着经纬的身体。厚重的窗帘低垂，浅到极致的豆绿色的壁纸令千疮百孔的内心无限寂寥，照理说在这样的私密空间，应该瞬间产生久别重逢的激情吧，否则何必多此一举。人们总是觉得只有欢愉的时候才想做爱，其实空虚、伤感、束手无策的时候更想。

然而奇怪的是，周经纬的身体并没有明显的反应。

也许还是打击太大了，令他心力不支。

但他还是紧紧地搂住语冰，仿佛自语道："无论如何都不要为难了自己。"

语冰点头。

半夜时分，夏语冰一觉醒来，发现枕边无人。

眼睛适应了黑暗之后，她看到卧室的门关着，但是下方的门缝透过一线微弱的光。床头柜上的电子钟显示是三点十分。

夏语冰穿上厚厚的浴袍走了出来。商务套房的外间布置得也十分简单，有一组沙发，一张靠墙的桌子，还有一个讲究的酒柜，里面的陈设、用品一应俱全。只见经纬背对着她，也是穿着浴袍，面对窗口坐着。窗外有些灯光，也谈不上是什么美丽夜景。周经纬一个人在喝红酒,桌角的台灯离他远远的,散发出暗淡的黄光。

语冰走过去,从后面抚摸经纬的头发。还好,他的头发一直都是浓密的,坚硬中又有一份柔软。

经纬似乎也不觉得奇怪,为什么语冰这么晚也跑出来。他伸出一只手,也温柔地摸了摸语冰的手,但是他一动也没有动。

一切都那么自然。窗外静谧,酒店微光烛照,中年的夫妻有着自己温存的密码,那才是深不可测的性感和依恋。她的手轻轻下滑,抚摸着他的脸,他的肌肤她实在是太熟悉了,包括他身上干净而又熟悉的气味。

不过她还是惊到了,她的右手感到了湿润。

她俯下身去抱住他的肩膀,轻声道:"怎么,你哭了?"

他终于忍不住回身抱住了她,她仍旧感觉到他的身体一动不动。良久,她才体味到一点点他隐泣的哽咽。

他从来没有这样。

他低声说道:"我其实是很爱你的。"

"我知道啊。"

"可是我最对不起的人就是……"他说不下去了,仍旧把头抵在她的怀中。

终于,他调整了情绪,他起身拉着夏语冰坐到沙发这边来。他说:"你坐下,我们谈一谈。"然后他们呈斜对角坐下,经纬选择了坐单人沙发。也就是在片刻间,他似乎战胜了自己的软弱,那种招牌的郑重其事重新回到他的身上。

大约是在小桑君十岁的时候,周经纬有一次单独回国办事。他和同学兼朋友喝酒喝高了，说话也就变得更加随心所欲。

同学说道："周经纬，你心真够大的。"

"怎么讲。"

"我知道夏语冰又漂亮又聪明，可是，可是还是你心大。"

"其实男人都不喜欢'放心肉'啊。不是吗？"

"可是她的风评好差……风评你知道是什么吗，根本摆脱不了的刺字啊，而且私奔意味着什么，你觉得男女之情真的可以说断就断吗？"

"我选择相信她，至少她对我毫无隐瞒。"

"那你敢不敢做亲子鉴定？敢做就当我什么都没说。"

"无聊。"

"这个世界已经彻底乱套了，再怎么心大，也没有一个男人肯为别人养孩子吧。"

当时还说了好多舌头发硬的话，周经纬已经记不住了。总之人不喝酒根本不可能有什么真心话大冒险。

可以说酒醒以后，两个人都有些后悔，都觉得说话太过界了。本来人活在自己的世界里就好。越界才是混乱的本源。

回到美国以后，周经纬就扛不住了。

这也难怪，其实无论多么天资聪颖、卓尔不群的人，都有相当世俗的一面。周经纬也不例外。他还是剪了一绺周鸿儒的头发去了鉴定部门，得到的结果简直让他……怎么说呢，粗算一下孩子也是在他们结婚之后才有的，也就是说……不幸而被言中吧。

夏语冰当场石化，彻底断片儿了，这人生也太"抓马"了吧。

根本也没有给她愤怒的空间啊。

她就差没有听得津津有味了。

然而说到自私的人类，谁不都是希望别人"抓马"，自己闷锅，当好吃瓜群众吗。

太可笑了，语冰在心里居然笑了出来，这需要多么充分的荒诞背景啊。她自己每天东奔西突地去处理各种危机事件，结果自己反而成了一个巨大的危机。多年的工作经验暗示她，更大的灾难很快就会降临。

周经纬想了很长时间，要不要跟夏语冰摊牌。不过他是真心爱夏语冰的，而且爱得非常彻底专一。这么多年，语冰也没有往国内跑，也没有奇怪的邮件，应该是和沈随彻底分手了。最重要的是，经纬觉得无论是跟语冰还是鸿儒，都建立了血亲一般的关系，他们是一个家庭，每个人的承担必不可少。如果他选择摊牌，那就表明所有这一切，即刻灰飞烟灭。他根本没有办法接受这样的现实。

周经纬选择了沉默，但是另一方面，他心底的求偿心理开始野蛮生长。

那是一种压制不住的蓬勃欲念。他开始注意身边向他示好的女人。本来，以他的条件身边也不乏各种红颜佳丽，只是以往他对那种模糊不清的所谓暧昧关系颇不以为然。直到心态有所转变。

也就是差不多在三年前，他选中了一个北京赴美的单身女人，比他小十二岁，名字叫束梅，样子还蛮端庄的，毕业于南开大学，结过一次婚，离了，但没有孩子。

周经纬跟她开诚布公地谈条件，意思是不会和她结婚，但可以保持情人关系并且有一个孩子，他也绝对会对孩子负责任。束梅考虑了一段时间，其间可能觉得自己还有机会，不见得必须接受屈辱条件。然而女人都是被寂寞打败的，寂寞的美国，又是狭小的华人圈子，哪里有什么正经八百的机会。

她从了。

他们生了一个女儿，取名小翠，现在已经快三岁了。

十一

电梯内门是玻璃不锈钢的质地，所以就像两扇落地镜面。已经上午十点多了，电梯里的人不多。夏语冰看着自己浮肿的脸，失眠加上总是伤心落泪，造成脸色灰暗但又不上妆，她只好涂了一层素颜霜出门，班总不能不上。

这段时间去山东、生病、情绪失控，办公桌上已经积案如山了。

她没有表情地从手提包里拿出一副茶色眼镜架在鼻梁上。

进了办公室，她暗自松了口气，像是从台前回到幕后。现代人的悲哀是无论在电梯还是洗手间，就算不自带光圈，至少妆容精致，这是没法松懈的。

她放下手提包,摘掉眼镜,在窗前站了好一会儿。

江景依旧,水流和缓,波纹在日光下层层推延代表着无限柔情。可是对于她来说,一切都改变了,并且,越是如此这般的静如处子,越是让她心惊肉跳,因为不知道下一秒钟将会发生什么。

或者说,还会发生什么。

她曾经的闺密、至亲,都是背后下手最狠的人。既是天使,又是魔鬼;既是蜜糖,也是砒霜;既是温婉平稳的江面,又是湍急冰冷的深流。

她还能相信谁?

然而人的感情多半五味杂陈,悲欣交集。周经纬说,是非对错都已经变得没有意义,他只是想到从此天涯陌路,就伤感得不能自持,悲从中来。

她知道他话中的含义,或者深深的苦涩,可是那又怎么样呢。

周经纬还是按时走了,登上了飞往美国的航班。

从此天涯陌路。语冰也是在想到这几个字的时候,突然泪流满面。也许就是知道了他们注定要分开,一切都将结束,涌至心头的才全部都是恩情,都是平淡无奇而又难以忘怀的朝朝暮暮。她甚至都不怨恨周经纬,谁遇到这样的事会没有求偿心理呢。

何况周经纬这样的直男。

周经纬说,王大壮的出现打破了原有的弱平衡。这一次他没有办法选择沉默,因为人最难面对的就是愧疚感,这种感觉比疾病、贫穷、怨恨强大百倍千倍,只要你不是一个天生的坏人，每天都会被自己责难，然后在精神上接受千刀万剐直至凌迟而亡。他其实很了解夏语冰，知道只要说出实情，他们就没有以后了。

可是不说，自己也活不成。

如果当初他告诉了夏语冰亲子鉴定的结果，跟她直接摊牌，情况就不会像现在这么糟糕。但人都是不到最后一步一定会选择逃避。何况他怎么可能想到会发生这样邪门的事，提当初不是太可笑了吗？

女人都活在细节里，想到这些年，他对她像模范生一样好，周到、仔细、体贴。但是只要语冰提到回国定居的事，他一定是支支吾吾的。

他们偶尔去购物，他常常会多看一眼女孩子的童装，偶尔会有一丝不为人察的宠溺闪过。她能够感受到却没有当作一回事。男人不都是这样吗，有了男孩就想做女儿奴，有一个磨人的小情人。

现在他飞回去了，有家，有女儿，有他的梅和翠。

她还有什么？

可是想到天涯陌路还是会哭，会伤心，想到的都是他的好。

也许就是因为有了梅和翠，求偿心理的天平台开始重新倾斜，他们是那种深受西方思潮影响的高度文明、相融和谐的伴侣，不能说他们之间没有爱情。

那种爱情已经不是神女峰般的翩若惊鸿，而是二十年间一饭一蔬的祥和淡然。语冰来到办公桌前，枯坐。桌上唯一的一张照片，是在美国家中的院子里，冬季，大雪茫茫，经纬开着扫雪车，十岁的小桑君坐在他的怀里，她搂着这两个男人，三个人不知因为什么情况开怀大笑。语冰非常喜欢这张照片，放在皮质的相框里，走到哪儿带到哪儿。

粗算一下，那是警报前夕，还什么都没有发生的时候。

语冰伸出手去，轻轻把相框按倒，然后收进抽屉。这时茉莉敲了敲门后推门进来，给她送上了一杯热咖啡，顿时香气四溢。茉莉并不知道发生了什么事，一如既往地告诉她全天的工作、开会、见客的日程。她一直点头作答。

是的，现代人的标识就是哭完还是要做危机处理，失去了感情就更要跟工作并肩作战，人在阵地在。

茉莉说完工作安排，贴心地将一支迪奥牌子的口红放在办公桌上。

又在办公室的蓝牙音响上放了一曲玉置浩二的《请别走》，离去时悄然关上了办公室的门。她什么都没说。

当熟悉的音律轻轻荡漾开来，语冰的泪水还是不知不觉流了下来。

富临大厦屹立在广州大道的南侧，目前来说只能算风韵犹存。

但是想当年它也是房地产界相当瞩目的明星，某一时期的楼王。表面看未见得有多么出奇，并非豪华亮眼霸气外漏。然而曲径通幽，比如它是第一个有恒温游泳池的楼盘，第一个有空中花园的楼盘，第一个有镶嵌超大弧形玻璃阳台的楼盘等，的确的确，现在说这些都是小儿科，可当年绝对是爆点，引无数英雄竞折腰。售价曾经一骑红尘，遥遥领先，的确是有钱人趋之若鹜的地方。

薛一峰从来没有去过富临大厦,那是资本主义萌芽阶段的产物。然而那时的他还在吃土,富临大厦就是一个童话故事,远观近看都跟自己毫无关系。

现在他驱车前往,当然是发生联系了。

昨天晚上接到纳蜜的电话,约他上午到富临大厦四楼见面。他问什么事,纳蜜沉吟片刻说还是见面再谈吧。最近一段时间,他们通电话的次数稠密,一般都是纳蜜打给他的,主题单一,都是关于小桑君的。而且他发现纳蜜性情大变,以前是硬邦邦的一张与全世界为敌的脸,现在就算是他发脾气,她居然也姿态柔软。好吧,他只好答应下来,并且当即就把今天的工作做了调整。

有一天晚上通电话,纳蜜说联谊会那天你不来绝对是重大失误,她就非常自然地跟小桑君拉近了关系。比如抽奖环节,小桑君抽到一台冰箱,看上去有点失望,她便问小桑君想抽到什么。小桑君说想抽到一辆山地极限自行车,这种车虽然比冰箱便宜一点,但是用料、做工、科技含量绝对在线,而且轻便可折叠,放在越野车里出去旅游简直就是最佳伴侣。听他这么一说,纳蜜马上给梁少武发了一条信息,意思是必须要让她抽中一辆山地自行车。梁少武自然心领神会,不大一会工夫就过来塞给她一张中奖副券。

然后她就成功地跟小桑君交换了奖品,自然也就成了熟人。

冰箱她送给了梁少武,因为少武手气欠佳,每次摸到的都是安慰奖,毛巾、肥皂、洗发香波、沐浴液之类的生活用品。这样也算皆大欢喜。

其实根本不必这么大费周章,再怎么演绎都透着一股刻意。薛一峰心想,他跟小桑君的结识根本是天然去雕饰,达到了一种境界。

在花园酒店开联谊会的那个晚上,事实上他还是从机场直接赶去了现场,可惜时间太晚,酒会已经结束了,服务员们在收拾桌椅,打扫卫生,并把餐食酒品撤离现场。薛一峰多少有点失落,就坐在舞台边的楼梯处,他想静静地坐一会儿,感受一下尚未完全散去的联谊会的氛围,想象着小桑君刚才在这里出现的样子。

结果见证奇迹的时刻到了。

居然活生生的小桑君就向他走了过来。他穿一件雾霾色的西装,白衬衣,米色的长裤,这样的装束使他显得既干净又醒目。他走到他的面前对他说道:"大叔,刚才工作人员说有一副遗失在这里的眼镜交给您了。"

对的,他记得他用的是"您",一个有教养的孩子。

而且的确有一个服务员给了他一副眼镜,说是参加联谊会的人遗失的,方便的话请他带回,于是他就顺手插在自己的上衣口袋里了。不过是一副香奈儿的女式墨镜,香奈儿,太好辨认了吧,眼镜腿上有小小的欲擒故纵的品牌标识。

薛一峰把墨镜拿出来递给了小桑君。

小桑君道谢之后说道:"您也是来参加联谊会的吗?为什么晚了这么多?"

他回道:"我坐的飞机误点了。"

"哦,"小桑君看了看他一身的风尘仆仆,又道,"您也在培训基地任课吗？您好像很看重这份兼职啊。"

我简直就是为了你。薛一峰心里想着，嘴上恨不得也这么说。他望着小桑君一派天真的目光，回道："我不直接任教，但是有工作关系吧，所以必须赶过来。"

"哦，那您饿了吧，肯定还没吃饭，我知道附近有一个地方可以去吃一碗牛肉面，味道还挺不错的。正巧我也没吃饱，因为我不喜欢吃点心。"说完他微笑了一下，露出了洁白的贝壳一般有光泽的整齐的牙齿。

薛一峰幸福得有点眩晕。

于是，他们去了那家牛肉面馆，虽然是路边店，但够大，居然还有两层，主打台湾菜，老板娘讲一口台湾普通话。因为她家店里的冰品已成网红，到店的年轻人络绎不绝，所以天时虽晚，店里还蛮热闹的。他们找了一张角落的桌子，点了一碟卤水大肠、一盘凉拌莴笋丝和两碗牛肉面，然后面对面地吃起来。

薛一峰是真的有点饿了，吃起东西稀里哗啦粗枝大叶。相比起他来，小桑君吃东西安静，细嚼慢咽，天性稳健。一峰见状，不禁暗中也放慢了速度，心想，其实每一代人都有本质上的不同，表面看没多大差别，原来自己身上还是充满了穷人的印记和审美。对于不愁吃穿的一代人，男性魅力从来都不是蛮横粗鄙。

卤大肠很香，一会儿就吃完了。小桑君又点了一碟，笑道："垃圾食品最好吃。"薛一峰也笑了，以往陪客人吃饭，从来不敢承认自己喜欢吃猪肠猪肚，肯定秒变鄙视链最终端。现在可以吃得这么爽快，很是开心，应该也有遗传学方面的意义吧。

席间,小桑君放在餐桌上的手机响了,薛一峰不经意地看到手机显示屏上是两个字"炸毛"。小桑君打开手机接听,没有什么特别,只是说找到了什么的。

他关上电话,准备继续吃面,薛一峰只是随意地看了他一眼,他的脸就红了。

他到底年轻,年轻真好。

薛一峰道:"是你的女朋友吧?"

小桑君抿嘴笑道:"她住在旧城区,我离这边近,所以来给她找眼镜。"

"可是为什么叫炸毛啊?"

"她叫朱惊羽,大家都管她叫炸毛。"

"看你小心翼翼的,有那么好吗?"

"她非常独立,有自己的性格,还是跆拳道黑带,有一次遇到小偷,她给人家来个过肩摔。您不觉得很酷吗?"

"女汉子吗?"

"不到九十斤。"

"漂亮吗?"

"鲶鱼系。"

薛一峰还真的不懂鲶鱼系是什么意思,回公司请教了时尚女孩方知,就是眼距宽,眼睛细长,下颌偏方嘴唇偏厚,而且五官必须全部寡淡,面部留白比较多。鲶鱼脸最大的特点是既不失天真又果断疏离,所以显得清贵,自带高级感。

薛一峰脑补了一下长成这样的女孩形象,还是有点蒙圈。

总之在那个神奇的晚上,他们像老朋友一样,聊得还蛮开心的。

这件事情发生之后，薛一峰常常情不自禁地原景重现，复盘回味，他发现只有血亲称得上草蛇灰线，伏脉千里。其中的甘苦自知并没有办法与外人道，所以这件事他跟纳蜜提都没提，似乎也没有必要。

转眼间来到了富临大厦，薛一峰在地下停车场停好车，搭电梯来到四楼。这里应该就是当年所说的空中花园，即使现在看上去场地陈旧了，落伍了，但是园林绿化、各种花木还是整理修剪得有条不紊。这些都属于楼盘保值的软实力。刚才在停车场看到的保安，也是一致的黑色制服，配宽腰带，说话彬彬有礼。所以富临虽然是老的楼盘，又不是学区房，但是楼价一直屹立不倒也是有道理的。

纳蜜早就来了，背对着他风中而立，不知在想什么。

一峰走了过去，只见纳蜜穿了一件焦糖色的薄款羊绒短大衣，妆容精致，令他感觉到今天要谈的事情比较隆重。

两个人在空中花园里的一张木制长椅上坐下，周围灌木丛生尤显幽静。纳蜜指着右侧十几米开外的一处房子，让他仔细看一看外观，解释说离太近了还东张西望会有些失礼。这房子第一眼看上去没有什么特别，就是明显的斑驳陈旧，让人产生一种重新粉刷的冲动。不过正面的一排落地窗又不失现代风，会令屋内光源丰沛，透过玻璃可以隐约看到浅色的榻榻米座位，显然是一家日本料理店，但是门口的日料元素并不多，除了一块半截的浮世绘的门帘，两个半人高的黑色木制旧车轮斜靠在门边，不知什么意思，另外就是麻绳挂着的木匾，上面写着"寂松"两个字。

上午,日料店还没有营业,但已经有穿和服的服务生在里面打扫。

纳蜜介绍说,寂松的店主松叔深受日本文化影响,一向推崇日本的职人精神,创建了这家私房日料,完全藏身于高档楼盘之中,吸引高端高压状态下生活的白领。因为食材的考究和手工的精良,被称作"有灵魂的日料",当年排队三四个小时才能吃上一碗荞麦面并不出奇。第一个十年过去之后,许多人劝松叔连锁化经营,但他觉得快速和复制都不是他想要的餐饮模式,因为完全顾及不了质量。他的理念还是强调慢生活的执着,以及远离时髦但带给人安稳的感觉。所以这么多年,寂松一直保持着二十四席座位,不增不减。

终于,薛一峰忍不住打断了纳蜜的深情旁白。

"可是这跟我们有什么关系呢?"

"当然有关系,否则我让你跑过来干吗。松叔已经七十多岁了,感觉自己的精力、手艺、味觉等全面退化,打算把寂松卖掉,但必须托付给合适的人,所以不是价高者从优,而是在找合他心水的有缘人。"

"你是说我们把寂松盘下来?"

"对啊,一人出一半的钱,写小桑君的名字。反正我那里存有他的身份证复印件,今后对于他来说这是多么大的惊喜。"

"太操之过急了吧。"一峰沉吟片刻,眉头打了个小结。

纳蜜立刻不快道:"就知道你抠门,舍不得拿钱出来。"

"要花钱的地方多了,本来就应该花在刀刃上。"

"这怎么不是刀刃,难道是刀背吗?小桑君梦寐以求的就是有一家自己的日料店。而且寂松这么适合他的店,错过了,你觉得还能碰上吗?"

薛一峰不再作声,但是内心深处升起无限感慨。纳蜜的物化程度令他有些始料不及,她现在是潜意识里就觉得金钱无所不能。年轻的时候,他们曾经一起到粤北山区做田野调查,去临终关怀医院做周末义工,竟是在她身上没有一丁点痕迹了。但其实,当金钱万众瞩目的时候,它就变得不重要了,就像江湖不止刀与剑,说的全是信义和人心,物质世界何尝不是。举个例子,和刘漂成为朋友以后,即使天各一方,他们不仅互加微信,还时常通个电话。一峰曾多次提醒刘漂:"你要暗示王大壮,他亲生父母才是真正可以改变他命运的人。"

刘漂说:"我不用暗示,我就是明说,我对王大壮说你傻啊,你开大货能有什么出息,上次被油耗子偷了油,几天的活儿就算白干,你哭都找不到调。你怎么就不明白呢,谁不想天上掉下来一对你那样的亲生父母啊。"

"那他怎么说?"薛一峰忙不迭地问道。

"他还有什么好话。"刘漂说道,"他开始不说话,我说多了他就怼我:你没被扔在大街上,你当然这么说。然后就头也不回地走了。"

所以,王大壮简直就是薛一峰的人生导师。

而且谁知道小桑君会不会是第二个王大壮,他现在是蒙在鼓里,什么都好说,如果知道真相呢,谁敢保证不是天崩地裂。何况夏语冰和周经纬也不是穷人,他们所倾注的心血和爱那是什么分量,薛一峰想都不敢想,甚至希望永不打破此时的美好和宁静。如果所有的事情都像纳蜜想的如此钱到事成,这个世界不是太简单了吗。

不过想了这么多,薛一峰还是不得不承认寂松是一个没有缺点的好店,并且和小桑君的气质相配,也的确颇让他心动。

这时纳蜜抬手看了看腕表,对他说道:"约好的时间到了,我们进去跟松叔好好聊一聊吧,还真不一定能如我们所愿呢。"

薛一峰答应着站起身来。

筷子在半空中愣住了。

中午,纳蜜在培训基地的食堂吃饭,通常是食堂工作人员见到她来,会主动准备好一份饭菜、炖汤外加一瓶酸奶,放在托盘里给她端过来。她常坐的靠窗的桌子也是固定的,她只要在那个位置上坐下来就好。

一般的情况下,梁少武会坐过来跟她一起吃。

培训基地的其他工作人员对她都是敬而远之,她也希望和下属有点距离感。

除了梁少武以外,财务科长吴檀也会跟纳蜜一起吃饭。她是一个高个子女人,眉清目秀,因为是扁平身材,喜欢穿中性的净色服饰,给人放心可靠的感觉。纳蜜深知在一个单位当一把手,财务科长必须是自己人,所以除了工作关系之外,和吴檀也会有一点私交,比如带着她出国公干,或者偶尔一起逛逛街喝喝下午茶,她同时也是她在单位的一个耳目。当然吴檀也很知情、明理,懂得怎么配合纳蜜工作。

培训基地的人都说吴檀是纳蜜的贴心小棉袄。

这个中午,没见到梁少武,只见吴檀端着一托盘的食物,在纳蜜的对面坐下。

两个人边吃边说了点工作上的事,吴檀突然话锋一转,低声道:"头儿,你是不是要跟薛一峰复婚啊?"

纳蜜和筷子齐齐愣在空中。

好一会儿,纳蜜才接着吃饭,又翻了下眼睛道:"谁说的?"

"都这么传,我也觉得薛一峰总往这边跑,有点反常哦。"

见纳蜜不吭气,吴檀又加了一句:"他现在可是抢手货,你差不多就别端着了。"说完还抿嘴一笑。

纳蜜没法接话,心想,谁说不是呢,她也是在小桑君出现之后,明白了一个最简单不过的道理,那就是对于儿子来说,给他的最大惊喜根本不是父母体面,经济富有,甚至不是寂松私房日料,而是父母亲之间恩爱有加的一派温情。

说来奇怪,自从认识小桑君之后,她的内心居然变得柔软了。无论是看自己的校花妈妈还是薛一峰,居然感觉他们身上还是有不少优点的。而且她也好久不吃红油猪耳了,便把大量的网购食品送给每周来打扫卫生的钟点工,或者保安人员。还调整了作息时间,渐渐养成早睡早起的习惯,而不是喝酒喝到半夜。这样平日里即使穿得再朴素,不化妆,至少脸上有了一些天然的红润。所以大家怀疑她第二春也不是没有道理。

这个发现令她暗自吃惊不已。

就像权力是男人最好的春药,对于女人来说,亲情的滋养足可以改变生命状态,有着任何物质都替代不了的疗效。

说回她和薛一峰,他们能装多久,如果有一天,小桑君发现了他们之间分崩离析的状况,不知道会多么不安和失望。她现在心里只有一个小桑君,凡事都会想到他,希望在相认之前,做好所有的心理建设和家庭建设。

也因为夏语冰和周经纬那一对夫妻太强大了,教科书一样的严谨有序,从颜值到智商情商,高度完美和谐。她好担心被他们比下去,从而有一种竞争上岗的庄严。

并且,薛一峰现在是钻石王老五,人见人爱,车见车爆胎。他们再也不是筒子楼里那一对面有菜色的贫贱夫妻,买一件生活用品薛一峰都要跑三个商场比价,单位发一次福利大米花生油高兴得跟过年似的,夜夜算的都是豆腐账。现在他们是职场上比肩而立的两个业内大佬,不仅仅是般配,关键是可以产生二加二大于四的绩效。

然而,纳蜜真正开始产生身份的焦虑,还不是因为这些理由。

最近发生的一件事,令她备受折磨。

由于上一次的联谊会薛一峰没有出席,所以她给薛一峰打电话,叫他到培训基地来一趟,正好小桑君当天有料理课,她可以向小桑君正式介绍他。结果薛一峰在电话里回说,这个就不必了,我和小桑君认识。纳蜜有些意外,问他是怎么认识的。薛一峰有些不耐烦,说那你就别管了,反正我们认识。

这件事就这么过去了。

的确,薛一峰认识小桑君并不奇怪。他这个人,薛政府嘛，若是想认识谁，一定会让人感觉是在不知不觉中相熟的。但是有一次，薛一峰从培训基地离开，她正好站在办公室的窗户前，无意中看见他在大门口，跟正要进门的朱惊羽不仅打了招呼，还说了几句话。朱惊羽在培训基地财务科工作，注册会计师。他们怎么会认识呢？纳蜜百思不得其解。她忍不住还是给薛一峰打了电话，单刀直入道："你是怎么认识朱惊羽的？"

薛一峰没有思想准备，脱口而出道："我听小桑君说的。"

她当即就把电话挂断了。对于心细如丝的纳蜜来说，任何与小桑君有关联的信息，都会让她产生精准的第六感觉。

一了解，完全是五雷轰顶啊。

炸毛居然在跟小桑君谈朋友。

先不说炸毛那个寡相，就说这种纸片人，风一吹能在半空中飘起来，能过人间烟火的日子吗。

炸毛是个富二代，家里有钱，但是父母都是生意人，所以才会让她去读会计。现在哪个有情怀有品位的父母，孩子不是去英国或美国读哲学、艺术史、戏剧、电影，总之是毕了业就吃土的专业，才可能培养出孩子所谓的贵族气质。

炸毛以前开保时捷上班，最近骑个山地极限自行车。她和薛一峰在大门口相遇的那一天，两条细长的螳螂腿撑着自行车，中分直发上架着太阳镜，穿一件粉紫色的宽松毛衣配牛仔裤。纳蜜居然对那辆山地极限自行车熟视无睹，真是灯下黑啊，她简直是对自己的失察感到不可思议。

好吧，做开明父母，这些都不说了。

也还是有一个坎儿根本过不去，那就是朱惊羽比小桑君整整大了七岁。

这个没法容忍。疯掉。

可是她又能说什么,无论是小桑君还是朱惊羽,她是谁,她算什么。没名没分,她怎么能不焦虑呢?当然,焦虑也得灭火。纳蜜想过出手要狠,中心裁员就拿朱惊羽开刀。可是转念一想,人家是富二代根本无所谓,而且听吴檀说她聪明能干还有人来挖角,根本不怕你玩真格的砍人。

思来想去,纳蜜决定一竿子把朱惊羽支到美国去,这应该是拆散年轻情侣最有效的方法。于是派吴檀跟她谈,目前基地分配到一个去美国学习工商管理的名额,两年,所有费用全部公费,组织上决定重点培养朱惊羽。

结果被朱惊羽一秒钟就怼回来了,不去,没兴趣。

连锁反应倒是吴檀好多天都对纳蜜不冷不热的,以前没事还拿个保温杯跑到纳蜜的办公室坐一坐,说点八卦。那段时间人影不见,偶尔碰面,吴檀脸上也是讪讪的,讲不了一句半句的她就推说有事闪人。终于纳蜜忍不住问她,你又哪根神经搭错了,到底怎么回事嘛。吴檀居然还哭了,伤心委屈道,我鞍前马后地跟着你干活,每天忙得脚不沾地,有那么好的机会不见你想着我,尽惦记那些不相干的人。

又道,人家不领你的情,居然还把名额退回去了,也想不起我。

纳蜜在心里叹道,你哪里知道我的苦衷,姐姐。嘴巴上却只能说些甜言蜜语,又找借口说道,你有孩子,我想你脱不开身。吴檀果断道,谁不想学习进步,我缺的是机会好吗。最终纳蜜还买了一个名牌包包送给吴檀作为安抚。

一起吃完工作午餐之后，纳蜜叫吴檀到她办公室去一趟。两个人分别拿着吸了一半的酸奶进了纳蜜的办公室。纳蜜站在大班台前，找到一份文件递给吴檀，其实就是房产中介公司给她算出来的寂松日料整个餐馆的面积、结构示意图，以及付款或者贷款的几种方式。纳蜜让吴檀给她算一算用哪种方式付房贷最合算。

吴檀说好，便没有多余的话，体现了一个财务人员的基本素质。

反倒是纳蜜还啰里啰唆地解释："卖主是在房价便宜的时候买的，又跟这个餐馆很有感情，还不一定出让呢。我也只是想算一算，看自己有没有实力拿下来。其实我从来没做过餐饮，就算盘下这间店也不知道是赔是赚。"

终于吴檀抬起头看了她一眼，直言道："这可不是你的风格，从来没见你这么多废话，是不是要跟薛一峰联手买啊？"说完还诡异地一笑。见纳蜜满脸被说中的窘迫，又道："什么抓住男人的胃，煲汤是什么鬼，就是要联手买房产啊，男人想跑都跑不掉，比爱情可靠多了。"吴檀的确是"算死草"，一个老公两个儿子，被她管得服服帖帖的。

吴檀走后，纳蜜在办公室里踱四方步。每次吃完饭，她都有站十五分钟的习惯，省得长肚子。她现在做面膜也比以前勤了，谁说母亲就不需要颜值，儿子也不喜欢丑妈，最亲近的人最势利。

经过这么多年的历练，她当然知道许多事情都不能操之过急，欲速则不达。尤其在小桑君这件事上，王大壮给她带来的心理阴影可以说挥之不去。然而同时，身份的焦虑又如影随形般折磨着她。所以她对盘下寂松日料的事十分在意，或者说志在必得。上一次和薛一峰一起见了松叔，相谈甚欢。接下来还要让小桑君和松叔见见面，相信他们的共同语言更多，更利于促成这件事。她相信血亲永远战无不胜，报纸、电视、多媒体上的各种寻亲、相认，几乎百分之百都是抱头痛哭，相见恨晚。

纳蜜感觉现在的每一天都是倒计时，她暗自下定决心，只要寂松日料的事办妥，她就亲自跟小桑君摊牌。

十二

"请问清酒要加热吗？"女服务生温柔地问道。

薛一峰回道："嗯，加热。谢谢。"

女服务生走了以后，几乎是紧随其后地来了一个长得像花轮的男服务生，他从托盘里端出两个精致的碟子，一碟是醋物，其实就是腌制过的青瓜块和海带结，另一碟是刺身拼盘，分别有两片三文鱼腩、两片金枪鱼和两片希鲮鱼，它们躺在蒲扇形的薄荷叶上，下面垫着雪白的萝卜丝。

老实说，薛一峰吃日本料理的水平还停留在初级阶段，可以说不甚精通。他也没想到自己竟然比纳蜜还喜欢这间小小的寂松日料，因为食材实在是太新鲜讲究了，每一口都是对自己不可言说的抚慰。

晚上下了班，为了能喝酒，他就搭个网约车到这里来，找一个一人的座位，面向玻璃窗外，点一小锅煮物、一份梅子秋刀鱼和一碗白米饭，吃得心满意足。

一开始，松叔还过来跟他打个招呼，后来就一切客套全免，因为来得太勤，每次他的表情都有点不好意思。

松叔也一切从简，点头示意。

以前，他从来不知道食物也可以是亲密爱人，也有了不起的陪伴作用，现在他多少有点理解纳蜜了。

都市人的内心到底是多么孤独虚弱，才会有这么榨骨伐髓的细微感受。

今晚的音乐是一把疲惫、苍凉的老男声唱着《胭脂泪》，一直暗中配合独坐在这里的中年男人的情绪。说来奇怪，寂松日料里放的歌曲清一色都是老男人所唱，也不局限日本歌手，全世界的都有，只不过曲调都相对低沉迟缓。

同样体现了松叔不同于常人的品位。

薛一峰从心底感激纳蜜——这种地方都会被她找到，其实女人才是真正的潜力股，能爆发出什么能量根本无从估计。这里真的是太好了，现在可以成为精神庇护所，由此一峰开始了延伸想象，今后他还会经常来到这里，看到的是忙碌帅气的小桑君和他的美丽爱人，无论是谁都好，还有一到两个孩子在他眼前跑来跑去，真是夫复何求。他也来得理直气壮，不必满脸抱歉之色。

同时还可以开始自己个人的新生活。

想到这里，他就嘴角上翘，情难自禁地挂起一丝笑意。还好他的位置是对着窗外，不会有任何人注意到他。

他又啜饮了一口加温的清酒，负重感开始减弱。

他现在除了上班之外，会经常到培训基地去。他去还需要理由吗？他想念他，跟他在一起的时候就开始想念。如果不能偶遇，他就在暗处看着他上课、做料理，总之看见他，心里就前所未有地踏实。

有一次在培训基地的电梯里，碰巧小桑君和一个女孩子在一起，虽然两人只是并排站着，中间还隔着一个人的距离，并且他们全程无交流，然而薛一峰只是看了看女孩架在头顶的太阳镜，还没想起什么，小桑君的脸就红了。

他就是这样认识了炸毛。

看得出来小桑君还是非常喜欢炸毛的。

对于炸毛，薛一峰并无恶感。可是纳蜜的反应太大，也不能说她毫无道理。在价值观方面，他也是偏于保守的，的确从心里感觉两个人并不合适。

此后一个单独相处的机会，应该是纳蜜组织的一场出游活动，地点是到南沙湿地，去看各种鸟类与花草植物，整个培训基地全员开拔，说是加强相互的交流和凝聚力，时髦说法是大型团建。其实只有薛一峰一个人知道，就是纳蜜对小桑君的"倾城之恋"。她精心准备了三明治、鲜榨果汁、蔬菜沙律，野餐时与薛一峰俨然一对模范夫妻。

尽管内心千万般不情愿，他也没有勇气把好戏搞砸。

乘船游湖的时候，正巧和小桑君一条船，也不是正巧啦，当然是纳蜜的安排，这样两个人可以有机会闲聊。

他问过小桑君，你找比你大那么多的女孩子，你妈妈会同意吗？小桑君笑道，我妈妈很好沟通，她从来不管我，她说人有时候是没法客观的，比如你要找女朋友，带个天仙回来我也不会满意,终究你是最好的,带个猴子回来我也不会惊奇,毕竟我那么爱你。

听了这样的话,一峰也只能半张着嘴,无从作答。

因为只有在这种时刻,他才会深感自己是一个外人,小桑君的世界里没有他任何一点位置,跟他没有半毛钱关系。

想到当时的情境,薛一峰举起的酒杯,又轻轻地放下了。

只盛了两勺小米粥,夏语冰手一滑,整个碗倒扣在餐桌上。

父亲一声不吭,也没看她一眼,仍旧吃自己的早餐。早餐是一成不变的小米红枣粥、馒头和咸菜,外加一个水煮鸡蛋。时常会出现一盘炒杂菜,各种新鲜的蔬菜包括西兰花、洋葱什么的炒在一起,或者是豆制品,豆腐香干千张之类,和香菇黄花菜炖在一起。都是一些老派吃法。

大部分时间,餐桌上也只是父亲、何姐姐和夏语冰三个人。小桑君因为下班晚,一般不会跟他们一起吃早餐。

何姐姐急忙起身,找来抹布清理桌面,又重新递给语冰一只空碗。

语冰盛好粥,坐下来吃早餐。她掰了半个馒头,其实她半个馒头也吃不下去,只是做做样子,等父亲吃完起身之后,她再把馒头放回去。

她知道父亲是担心她的,因为再怎么掩饰,再怎么危机处理,作为当事人的她都没法面对这么多的变故。她吃不下东西,几天时间便形销骨立,整个人神不守舍又飘飘欲坠。上次也是,她拿茶叶盒,手一滑把茶叶撒了一地。当时父亲坐在客厅的沙发上看报,还放下报纸看了她一眼,略有询问之意。

"我没事。"她轻轻回了一句。

"你最近很毛躁,丢三落四,上班不带电脑线,还让何姐姐给你送去。"

"事情实在太多了,心里有点乱。"

"你这个样子能做什么大事。"

语冰默然。

当时父亲不再说话,但没过多久,就带着她和小桑君去了特种部队训练中心的射击场。父亲的一个老部下在装备部当头儿,偶尔,父亲会去摸摸枪,但是他对射击的理解不是过瘾,而是打枪必须静心、沉气,控制心跳,是对自己情绪的一种管理和训练。

她过去也跟着父亲打过靶,对射击并不陌生,而且成绩不俗。

父亲到底老了,对一切新型枪械无感,挑的还是古老的五四式手枪。这种枪除了样式老土,就是手感沉。

当她独处一个隔间,戴上护耳护眼,世界便彻底安静下来,反而让她更清晰地感觉到自己的心慌气短。不吃东西人会发飘,单手举枪时一直抖个不停。她双手握住手枪把,切断思绪,屏住呼吸,一发一发地点射。回靶查看成绩时,靶面比脸都干净,根本全部飞靶。她也理解父亲的苦心,但是,但是……

周经纬回到美国之后,立即就有平安信息发过来,就像从前一样。

曾经的微信交谈也没有因此断片儿。

两个人谈得最多的是他们的亲生儿子王大壮。周经纬详细列举了多个方案，最理想的是把大壮接到美国，留在经纬身边，他会对他进行脱胎换骨的改造。对这一做法经纬显得信心十足。如果大壮不愿意离开中国，那也不能再干开大货车的事了，必须继续求学，哪怕是花钱、找关系去上私立大学，也得去，跟不上课程，也得去，可以一边上学一边请家教恶补中学课程。必须这么做，否则这孩子就毁了。总之，关于王大壮的人生规划，语冰承认她和经纬的想法完全一致。

然而所有这一切，都在无限的、痛苦的等待之中。毕竟，王大壮如果一直沉浸在童年的噩梦里，谁都没有办法。对此，周经纬恨透了滕纳蜜，必须提到她的时候，也是以"魔"字代替，再没提过那个罪恶的名字。

许多时候，语冰都会产生错觉，似乎她和经纬一如既往毫无改变，是雌雄同体的一个人，一支军队。

也有日常的联系，只是不提那个横在他们俩之间的重大变故。想一想，他又能说什么呢，就是平静地等待判决吧。

男人就是这个鬼样子，无论闯下多大的祸，说出来就认为自己没有责任了，甚至问题已经解决了。收拾残局，打扫战场，做好一切善后事宜都应该是女人去处理。就像她现在，跟那些去帮老公还欠款赌债嫖债的女人又有什么不同。

你说你几天没吃饭痛不欲生以泪洗面，先不说谁先输，有用吗？

她想了好几个夜晚，还是决定放周经纬一条生路。那种心境不是怨恨或者委屈，而是一种悲壮。

她给周经纬发了微信，告诉他会在国内找最好的代理律师，把一切离婚手续办好。财产就自行处理，省事。孩子，无论是哪个孩子都过了法定年龄，也不存在跟谁过，所以事情会变得比较简单。

周经纬当即表示同意并配合。

同时又说，他是不可能再结婚了，至于理由，他什么也没说。

语冰没有回复这条信息。

隔了几日，经纬发来微信：你要看她们的照片吗？

当然是他的梅和翠。她回答：不用，谢谢。

两个人的战争，已经回到冷兵器时代，不动声色地刀来剑挡。谁都不想死得特别难看，谁也不愿意示弱示苦示痛。还是那句话：有用吗？

旁边的隔间，是父亲在教小桑君打枪。父亲是不打枪的，枪是他的隔世情人一辈子的念想。他只教小桑君，两个人的脑袋靠在一起讨论得津津有味，然后小桑君连射，回靶看靶，总结经验教训。看到他们异常亲密的样子，语冰心如刀割。

所有的努力都是白搭，这是内伤，伤到心里去了。

而且你一点办法都没有。

就像看着溃堤、山火、摧毁一切的飓风，整个世界都坍塌了。你能做什么呢，还不是默默地喝着小米粥。

终于，父亲吃完了早餐，他起身离开餐桌。

他说："你已经不是仙鹤了，你要坚韧，像骆驼一样。"

话茬硬如刀锋，把夏语冰镇住了，她一动不动地钉坐在椅子上。

按照潮菜的出品质量，潮汕会馆的装修可以说有些简陋，首先门面就小，不注意就混过去了，它夹在一个水果店和一家快餐店中间。水果店是喜欢张灯结彩，整天搞促销活动，把各种水果打扮得娇艳欲滴；快餐店是放超大声的流行歌曲，卖的是粥粉面，唱的是凤凰传奇，节奏欢快那种。

潮汕会馆是个旧旧的红木门，斑驳的横匾，四个浅绿色的草书。

就像一个老头挤在年轻人中间。

进门之后就是楼梯，没有玄关和咨客。初次来这里的人会搞不清状况，店家并不理会，据称来这里的绝大部分都是回头客，便没有针对散客的服务。上到三楼才算别有洞天，饭店不设大堂，全部是包房雅座，但是里外都没有让人记得住的摆设。门口有一个大水族箱，里面游动着观赏鱼，一看就知道不是为了装饰而是有关风水避邪发财的商家必备。水族箱前有个低矮的茶桌，上面放着齐全的工夫茶的茶具，每次过来都看见有穿白色工作服的厨师在品茶闲聊，说着难懂的家乡话。

包房里面是普通的八仙桌，椅子也普通，靠墙的一个餐边柜也是用了好长时间坚守岗位的旧家具。墙上什么字画都没有，空空如也。总之所有陈设都透着潮汕人民千古不变的务实精神。

今天晚上，夏语冰在这里有一个商务宴请。

因为是老客户，人家点名要吃潮菜，就没法搞一些粥水涮锅或者经典粤菜糊弄他。夏语冰点了一只冻蟹就一千六，还有白灼螺片，即使是公司报销，还是感觉挨了几刀，老鹅头问都不敢问了，只配了卤水拼盘、果肉豆腐和黄豆酱炒麻叶。饶是这样，服务员还是一副爱理不理爱吃不吃的鬼样子。

然而，就是这样一家店，可以说既无舒适的环境，也无优质的服务，还是被城中所谓的美食家暗宠，在这里碰到高官或者名人都不奇怪。

简而言之就是食材讲究，味道正宗。

果然，在餐桌上，客人对于菜品既大快朵颐又大加赞赏，茉莉则穿梭在餐桌边服务客人，因为这里的服务员不仅是地道的乡下妹子，而且只要上完菜就基本不露面了。尽管如此，仍旧宾主尽欢，大家都吃爽了。

席间，夏语冰去上洗手间，回来的时候，走廊上另一间包房的门半开着，因为有服务员往里面端菜。本来语冰是会径直走过去，但是那间包房里的欢声笑语令她下意识地扫了一眼，也就是这一眼令她目瞪口呆，顿时整个人都被惊到了——包房里围坐在餐桌前的不仅有小桑君，还有薛一峰、滕纳蜜两口子，此外还有一位男性长者。这是夏语冰退回去第二次才看清楚的事发现场，第一次，她只看到了小桑君。可能是席上的人过于专注聊天，完全没有人注意到门外的另一双眼睛。

语冰闪身立到房门的一侧，靠在走廊的墙壁上动弹不得，感觉大脑停止工作，完全断片。端菜的服务员从包房里走了出来，顺手带上了门，径自离去。世界彻底安静下来，在那肃穆的一分钟里，所有的场景和人物都停顿了，都在等待她苏醒。可是她越想挣扎就越没有记忆，内心极度抓狂，人却像卫兵一样坚守在包房的门口。

终于，她离开了那里，神情木然，但还是迅速反应到不能失魂落魄地回到客户面前。她只能重新回到洗手间。潮汕会馆唯一装潢像样的就是洗手间，够大，够整洁，若干洗手池前面一排阔面镜子。

她看着镜中的自己。

在她未知的世界里，到底发生了什么？

他们是什么时候相认的？

为什么从来没有听小桑君说过？

看上去他们的感情非常融洽。

夏语冰彻底蒙圈了，无论发生了什么，为什么她总是最后一个知道。

她的内心涌动着一股极其强大的冲动，想撞进那间包房，拉起小桑君就走。或者什么也不说，什么也不做，直接掀翻桌子。

当然她没有。

她用冷水拍了拍额头，努力做着深呼吸。理智告诉她，还有一桌客人等着她呢，她自己绝对不能变成一场声势浩大的亟须处理的巨型危机。

她拿出口红，默默补妆。

她从来都是能够在车祸现场默默补妆的女人。

再一次出现在餐桌上时，夏语冰仍旧仪态端庄，没有任何人感觉异样。

大伙都在盛赞只有潮菜才能把人吃得灵魂出窍，尤其是冻蟹的滋味简直出神入化，令人久久难以忘怀。

夏语冰微笑着点头称是。

但也只有她一个人感觉到什么是味同嚼蜡。

当晚,语冰回到家时,已经是十点十分。父亲早就休息了,何姐姐在看电视剧,这是她一天之中的美好时光,任谁都不理会,当然也没有理会进门的夏语冰。

小桑君的房间黑着灯,他还没有回来。

之前在潮汕会馆的洗手间,夏语冰并没有忍住心中的怒火,转瞬间的躁狂几乎让她失去理智,她毫不犹豫地拨通了小桑君的手机,一手接听,一手下意识地按住下巴,防止声音颤抖。铃声响过两遍,小桑君就接听了:妈。这一声自然而然的呼唤,外加那边死一样的静寂,令她感觉到事态远没有想象的那么糟糕。

她问道,你在哪里。

潮汕会馆。小桑君不仅秒回,而且声调平稳和缓,还说是和一些喜欢日料的人一起吃饭,所以谈得非常开心。语冰没说什么,嘱他早点回家,就收线了。

想到这里,语冰在进门的玄关处轻轻地呼了一口气,她放下手提包,换了拖鞋,以往的第一个动作就是洗手。小的时候放学回家,妈妈的第一句话都是洗手洗手,小桑君小时候她也是这样吆喝。但是她今天的第一个动作是去了小桑君的房间,打开灯,只有火箭队的哈登摊着手在迎接她。

这张巨幅的大胡子明星球员身穿红色的13号队服的招贴,一直是小桑君的最爱。

他的房间有一点点凌乱,但是东西不多,简单明了。书架和桌上有许多菜谱，日料占一大部分，但是更多的是日本的漫画书和中国的武侠小说。令人无法忽视的是年轻男孩子的荷尔蒙气息，也就是青春的气息，是语冰万分熟悉的。

语冰坐在小桑君的床上，右手下意识地摩挲着柔软的床单和枕套，往事像潮水一般在心中涌动。

小桑君小时候患有阿斯伯格综合征，这种病症与自闭症同属广泛性发育障碍的范畴。其重要特征是性格孤僻，表现为人际交往困难，或者语言交流困难，抑或是行为模式刻板。阿斯伯格综合征与孤独症的区别在于：没有明显的语言和智能障碍，是孤独症的高端形式。换句话说属于一种高功能的自闭症，小桑君是比较轻微的一挡。通常几乎没有人会发觉，只有倾心爱护孩子的母亲才有可能觉察到。

而夏语冰正是这样的母亲。

所有物质上的挑剔都容易满足，小桑君的成长，花钱是其他孩子的几倍。从这个角度看，薛一峰说的没错，即使是经济压力他们也承受不起。然而更重要的是，小桑君需要心灵的陪伴，为此，夏语冰放弃了高薪繁忙的工作，她不能坐班，只能打散工，为了有充足的时间和小桑君在一起。同时，她还专门去进修了儿童心理学的课程，可以说她为小桑君重新规划了自己的人生。并且下定决心，要做小桑君最后也最温柔的港湾。

甚至，哪怕是小桑君十五岁了，也要和妈妈同居一室，他睡在地板上也要和妈妈在一起，他们有说不完的话，聊很多事。他们有自己的交流方式：无论碰到什么事，最感动或者最悲伤，一定要彼此凝视一分钟，以真情，以诚挚。

总之，语冰付出的心血根本无从与外人道，直至小桑君十八岁，医生才宣布他基本脱离了阿斯伯格综合征的困扰。

这个世界山崩地裂，小桑君也不可能是别人家的孩子。

不过今天晚上，语冰决定告诉儿子一切，她不希望通过外人的嘴告诉孩子发生了什么。无论多么残酷的现实，都由她来述说。

她坚信在血亲之外，还有一种血脉相连是根本无法割断的。

经纬曾说，我和小桑君是有父子之情的，这点你一定要相信我。比起后来发生的事，从前岁月里的漫漫深情刻骨铭心。所以关于我的事，我想自己跟他说。

夏语冰答应了。

这时候隐隐约约，她听到了门响的声音。

在潮汕会馆聚餐后的第二天，松叔就同意跟纳蜜签转让寂松日料餐厅的合同了。因为松叔非常喜欢小桑君，两个人聊得情投意合，几乎成了莫逆之交。付款的方式是薛一峰交首期，大约是总款项百分之三十的样子，剩下的由纳蜜每个月还贷款。

房屋贷款这种事要和银行打交道，细碎繁杂，自然要找吴檀。银行对吴檀来说是熟门熟路。而且这件事也没有必要瞒她，现在人民币贬值得那么厉害，每个人都在为自己的资金找出路，买商铺令个人财务保值太正常了吧。吴檀也是醒目之人，很快就办理好了各种手续。最终把整套文件交到纳蜜手上时，还不忘说一句：

"夫妻同心，其利断金啊，还嘴巴硬说不会跟老薛复婚。"

纳蜜嘴上说没有的事，心底响起银铃般的笑声。

潜意识里的那个动静把她自己都吓了一跳，纳蜜下意识地捂住了嘴巴。

这是在院部的大会议室，领导正在发言。

会场虽然安静，但也令人昏昏欲睡。

纳蜜已经很少到院部开会了，培训基地是学校吸金重镇，她很繁忙，俗务缠身被所有人理解，除非重要会议，便有院部办公室的人专门致电她，她才会到达会场坐一坐。整个过程中，大家都对她小心客气，分外热情。

有一次校长看见她，都专门走过来跟她打招呼、握手。

那些过去看不起她的同事，也夸她的气色好，用了什么高品质的护肤品要告诉我们哦。其亲热程度仿佛全无前嫌。

每当这种时刻，纳蜜都会告诫自己，必须守护好这块大肥肉。尽管培训基地有今天是自己砥砺奋斗的结果，但是如果没有学校提供的这个黄金平台，她就算是会翻跟头又有什么用呢。父亲就是恃才傲物过于看重了自己的能力，才会犯下那么低级的错误，毁了自己也毁了全家人的生活，她绝对不能重蹈覆辙。

而且那些所谓的笑脸相迎，背后不知是多么恶毒的诅咒，希望她从这个位置上掉下来。我们中国人最希望看到别人家的房子着火冒烟。

副校长的发言真是冗长啊。老实说纳蜜很想起身离开，她的事还多着呢，尤其是今天，小桑君正好过来上课，她决定等他上完课，就跟他好好聊一聊。这件事薛一峰说他开不了口,为什么把小桑君送到美国去,既没法绕过也无从解释。男人就是这样,关键的时候熊。承认自己嫌贫爱富自私自利有那么难吗。

那就只有她出面把事情的原委说清楚。

她是没办法再熬下去了。很多夜晚,或者一个人的时候,她都会出现幻觉,就是她和小桑君的各种不同场景下的相认。最让她感动的一次是,一天晚上,她在办公室加班,听到有人敲门,小桑君进门之后一直不说话,就是怔怔地望着她。当然她也迎了上去拉住小桑君的手,小桑君的眼角是湿润的,只对她说了一句话:妈,我只是想给你磕个头。说完就跪了下去,当时她完全是扑通一声跪在孩子面前,抱住小桑君失声痛哭。

咫尺天涯的这种折磨她受够了。

纳蜜抬腕看了看手表,已经五点十分了,会议也没有结束的样子。不过她还是忍住了,如果这种时候起身离场,个人评价体系会减分,大家会觉得你有什么了不起的,没礼貌,目中无人。

也就是说别人可以走,但是她不行,她已经变得举足轻重,是许多人注视的焦点,就是这么回事。

又过了漫长的四十分钟,终于等到会议结束,分管对外宣传的副校长又留住了纳蜜,通知她一会儿和校长吃个工作餐。纳蜜当然不能推辞,学校有自己的接待餐厅,他们吃的也比较简单。校长的意思是学校最近有几个树立形象的大活动,需要培训基地的资金支持,款项的分配是合作单位出一部分,学校出一部分,但是还有一个差额需要纳蜜担待。纳蜜心想这种事也只能满口答应，但还是要耐心听完活动策划，不能表现得财大气粗，要显得是顾全大局，是危难之时的一种担当。

纳蜜回到培训基地的时候，天已经全黑了。

她直奔小桑君的料理课室而去，感觉好像是她主张的约会自己迟到了一样，实在是少有的迫切心情。一边想到，再不跟小桑君说实话，自己也要疯了。

不过她走到教室门口，人都没进去就颇感意外，因为讲台上是松叔在上课，教室里根本没有小桑君的踪影。纳蜜退回走廊上，打少武的手机问怎么回事。少武回说，是小桑君安排好通知他的。纳蜜说是不是小桑君病了。少武回说不知道，听声音也没有感冒啊。纳蜜很想说你怎么不早点告诉我。终于没有让这句话脱口而出，每个月的课时表排得密密麻麻，少武要处理各种情况，从来就不用汇报。

打小桑君的手机，关机。

留了微信、短信全部泥牛入海。

打电话到富田菊日料店，接电话的小姐回说这个时间段的小桑君是授课时间，从来不会出现在店里。

纳蜜回到办公室，开灯，把手提包扔在会客用的沙发上，自己也顺势倒在三人沙发上，甩了半高跟鞋，把脚搭在茶几上。忙碌了一整天，说了一堆有的没的，实在是筋疲力尽，可是内心根本没法静下来，各种胡思乱想，总觉得哪里不对劲。她发了一会儿呆，然后给薛一峰打电话。薛一峰压着嗓音说话，叫她不要神经兮兮，每个人都有自己的生活方式或者习惯，不要随便介入，小桑君也不是小孩子了。电话那一头环境嘈杂，还有玻璃器皿碰撞到一块的声音，估计又是一峰以一己之力在跟政府部门的人沟通，这方面他有江湖薄名，还有人建议他自己开咨询公司。

半夜时分，纳蜜惊醒过来，发现自己在办公室的长沙发上睡着了，灯亮着，她和衣枕在自己的手提包上。因为实在不想回家，感觉自己的心里空落落的，家里更是毫无生气，以往她是铁人从不自怨自艾，现在心里有人了，性格开始变得脆弱，突然好害怕面对那个一无所有的自己。

墙上的挂钟指向凌晨四点零三分，纳蜜打开文件柜的下半截，取出午休时用的毯子和枕头，关上灯，重新在沙发上躺下来。

但其实已经完全睡不着了。

她打开手机，有关小桑君的消息仍旧是空白。

一直等到上班时间，她给吴檀打电话："你叫朱惊羽到我办公室来一下。"

吴檀迟疑了半秒钟，哦了一声。

隔了好一会儿，有人敲门，进来的是吴檀，她告诉纳蜜炸毛已经三天没上班了，因为男朋友突然消失，她崩溃了，她说分手可以啊，干吗玩消失。所以每天去男朋友住的部队大院堵他，但也还是没有见到人。

纳蜜面无表情地看着吴檀。

她头顶的太阳炸了，她的太阳神消失了，她的小宇宙重归亘古不变的荒漠。

十三

办公台上的内部电话响了,埋头处理公务的夏语冰顺手按下免提键,眼光并没有离开一直翻阅亟待处理的文件。

免提电话里传出茉莉的声音:"冰姐,有人找。"

"一般的客户你处理一下吧,我这边有个紧急文件要报董事局。"语冰仍旧没有抬头,片刻,身体滑动靠椅转向大班台的右侧,打开台式的苹果电脑。

所谓中美贸易战其实就是一场危机处理,大家都在找相关的文件和信息,以便准确地判断形势,防止一脚踏空粉身碎骨。

隔了好一会儿,茉莉的声音才又一次冒出来:"冰姐,这个人坚持要见你,她说是你干妈。"

夏语冰愣住了,下意识地站了起来。静默。

"冰姐,冰姐。"

"请她进来吧。"语冰无力地说道,但身体还是离开大班台,迎了出去。

她打开办公室的门,茉莉已经陪着校花妈妈出现在门口。两个人虽然四目相望,都面色阴沉,但是语冰还是低低地叫了一声干妈。

平时就会看眼色的茉莉脸上有些茫然,但还是急忙说道:"有什么事还是进办公室说吧。"然后抢先一步把两个表情木然的人引进办公室,安排她们坐在会客沙发上,又去泡了铁观音茶送了进来。茶还真是好茶,香味在空气中缓慢游动。

茉莉走了之后,办公室显得格外宁静。

"你一点都没变,还是那么漂亮。"校花妈妈淡淡说道。

其实刚一相见,语冰就打量了校花妈妈。她以前是一个热情的人,甚至有点夸张、咋呼。多年不见,她是蛮见老的,鬓发全白,眼角的鱼尾纹一抓一把。并且,显然,刚刚中了重拳老酒,整个人是塌陷的,更给人苍老的感觉。

语冰撇了一下嘴角算是回应,她当然知道校花妈妈不是来说客气话的,她也实在不想多说什么,等着校花妈妈出牌。

语冰今天没有化妆,又穿一条黑色连衣裙,茉莉一早见到她,还说她瘦成一道闪电,真美。对于心事重重的她来说,简直就是讽刺。

又是沉默。

接着,校花妈妈悠悠说道:"就凭你还能叫我一声妈,我就知道你还是好孩子。"

语冰鼻子发酸,好孩子有什么用,这个世界就是专门杀好孩子的。她想,并且希望这种时刻自己变得越无情越好。

校花妈妈继续说道:"你也不用警惕我,我的确是刚知道这件事,这么大的事瞒得这么深,也只有纳蜜做得出来。我是她妈妈,我太了解她了。听到这事,我当时脸都吓白了,我说这种事你都敢做,不怕遭报应吗。"

"我来找你,没有什么要求,也不是来打探小桑君下落的。纳蜜是个坏孩子,做出伤天害理的事,我也没有办法。我只能代她向你道个歉。"说到这里,校花妈妈起身,面对语冰弯下腰来鞠躬。

语冰的眼泪夺眶而出,她也起身扶校花妈妈重新坐下。

即使如此不堪的画面出现,也还是沉默。

语冰真的不知道说什么才好。

那天晚上,语冰尽可能用平静的语气跟小桑君道明了有关他身世的原委。小桑君听了以后,反应也很平静。语冰知道,那是因为小桑君过去生过病的原因,他的反应比常人慢,身体里的应激意识还未苏醒。尽管如此,语冰还是云淡风轻地对他说道,今后无论你跟谁一起生活,也无论你在哪里生活,你永远都是我的儿子。

小桑君也只是哦了一声。

她怔在那里,有一种瞬间被掏空的感觉,嘴巴硬,内心满满的却是打落牙齿和血吞的悲壮。在转过身去的刹那,她几乎要哭出声来。

努力奋斗了那么久,厉兵秣马,枕戈待旦,她是职场和生活中从不解甲的女战士。到头来竟然两手空空。她感觉自己犹如一尊巨型的千年老鲸漂泊在生命之海,什么都不想,什么都不做,就那么空洞地漂着,水下只有自己知道还是生物,水面之上的部分已经变成孤独的岛屿,寸草不生,任凭风浪一遍遍地洗刷。

她坐在洗手间的马桶盖上,打开浴缸上方的莲蓬头,她需要水声让小桑君不要为她着急,他虽然反应慢,但他是一个细心的孩子。

她握着手机,好几次想给周经纬打电话。

每一次潜意识都在提醒她,你当然可以这么做,这是最方便也最习惯的宣泄渠道,你可以冲他放声大哭,可是这算什么呢?

她简直就跟纳蜜一样,唯一能够想到的就是母亲。她推开了母亲房间的门,令她感到意外的是房间里不但没有霉味,甚至没有任何异味,母亲的遗像前还摆放着白色的盛开的百合花。房间里的一切都整洁干净,真难为何姐姐每天的打扫,而且都是挑她不在家的时间,为的是不让她伤心难过。

母亲的目光,透过一尘不染的玻璃冷冷地注视着她。用现在的话说,母亲一直是个冰山美人,父亲一辈子都让着她,她也一辈子都没有原谅语冰。

你是来认错的吗?妈妈说道。

如果不是,你想叫我说什么?她还这么说,一点可怜语冰的意思都没有。

也只有在母亲面前,语冰才可能慢慢冷静下来。她知道母亲对她,始终是有心结的。尽管在母亲离去的前几年,她们都努力扮演好自己的角色,母亲也非常喜欢小桑君,对周经纬也还满意,可是她就是觉得语冰私奔是人生的一个污点,令她颜面尽失,一个好人家的好女孩,怎么会出这样的事。而且还觉得自己没有错。

直到母亲离开,她才感觉到她们的角色演得多么辛苦。

所以校花妈妈鞠躬的时候,语冰才会泪流满面。或者校花妈妈没有那么体面,可是校花妈妈总是更像一个广义的妈妈。

重新见到校花妈妈难免想起往事,这也是语冰心中不止一次产生的天问,纳蜜为什么要这么做?她们曾经是那么好的闺密。

校花妈妈更明白她的心意。

校花妈妈哲人般地笃定:"她嫉妒你,我说的是纳蜜,因为她嫉妒你。

"当年,你被周经纬当新娘子接走的那个晚上,她在洗手间里大哭。我说你没事吧,这难道不是语冰最好的结果吗?她哭着说当然是,可是别人的风月就是自己的悲凉,我多么努力,我是手脚并用啊妈妈,就是爬着往前走,还是生如草芥。可是语冰什么都有,她无论做了什么,都有最好的结局在等着她。所以我的心才会痛啊。

"我当时也哭了,我说是我和你爸爸害了你,妈知道你是心高气傲的女孩子。可是你的人生一开始就输了,没有人看得起我们这样的家庭,他们只是嘴上不说,我们天生就是被人轻视的。我也一直想给你找一个好点的爸爸,可是,可是万般皆是命,半点不由人。"校花妈妈的声音哽咽,说不下去了。

语冰默默地把纸巾盒递给她。

她们看上去更像一对母女。

"你不要再提爸爸了,"纳蜜厉声说道,"爸爸也是想改变,他哪有那么爱钱,他走的时候,袜子都是破的,而且不是你补的,是他自己补的。就算是当年那个时代,还有谁补袜子,谁不是袜子破了就直接扔掉。"

纳蜜也没想到,她回到母亲的家里就会跟她发脾气。每次进门前都告诉自己要深呼吸,要忍耐,但是总会有一个节点令她瞬间爆发。

母亲也不高兴了:"你这是什么意思,是想说我虚荣,又对他不好吗?"

纳蜜很想说,你关心过爸爸吗?你爱过他吗?如果你不是因为虚荣而跟他结婚,怎么可能在他死后到处去找男朋友。当然,跟她的怒目金刚相反,她并没有一时激动口无遮拦,她只是冷着脸不说话。

母亲不快道:"我就不明白了,你做了错事为什么冲我发火。我年轻的时候涂着七日香,穿着折上折的衣服,我埋怨过你爸吗?"

"我就是不想听你总说爸爸害了我们,别人可以这么说,谁都可以这么说,但是我们不能,他生前也是爱我们的,而且他为他的错误付出了生命的代价。"纳蜜的眼泪流下来,被她狠狠地擦掉。

"怎么不是他害的,如果他不那么做,老老实实地做人,你就不会这么变态扭曲,干出这遭雷劈的事。"

"可是他都已经走了,你为什么老是拿他出来吊打,你从来就没有理解过爸爸。"

"你叫我怎么理解他,又怎么理解你,你们又改变了什么,滕纳蜜你醒醒吧,生不如养,小桑君根本不是你的孩子,他是夏语冰的儿子。"

纳蜜顿时卡壳了。

她一直以为自己是个铁甲钢筋的女战士,现在却有了最深的软肋。她为什么要跑到这里来,明知道会吵架还是要来,她和母亲从来都不是一路人,根本说不到一块去。可是,她心里烦闷得要爆炸了,她想乱喊乱叫,她希望世界上所有美好的东西都熊熊燃烧化作灰烬。她没有人可以发泄,连薛一峰都躲着她,或者像一块沉默的石头。也只有母亲,是这个世界上唯一可以听她发脾气的人。

她承认她就是一个坏人,在人性的无底深渊里,承认这一点会比较轻松吧。

她曾经疯了一样找过薛一峰,叫他委托独立一号的私家侦探去查小桑君的下落。薛一峰说花了很多钱,动用了卫星定位系统,也只得到了一句话:此人应该不在境内。

小桑君会到哪里去呢?最大的可能性是回美国去了。

夏语冰到底跟他说了什么,还是什么都没有说,一切都不得而知。

所有这些都让纳蜜抓狂,为此,她每天都给薛一峰打电话,还去了薛一峰的办公室,其实他们早已相对无言。

薛一峰说,你这样下去不行,每天说同样的话,也不让我工作。关键这样能解决什么问题,我说过一百遍了,这件事不得到夏语冰的谅解,是推不动的。

纳蜜在心里呵呵了,薛一峰一辈子都不了解女人,道歉是为了寻求良心上的解脱。她太了解夏语冰了,她是不会让他们解脱的。

"其实她也挺苦的。"校花妈妈一边说一边又抽了张纸巾,按了按眼角。语冰注意到她的眼角的确像超小型蓄水池,不一会儿就积满泪水。她是真的伤心了,她继续说道:"离婚以后,她一直是一个人,性格怪僻,还酗酒,别说找男人,我看她连个女性朋友都没有,就是一个女光棍。"

"她跟薛一峰离婚了吗?"

"早就离了,孩子刚刚丢掉的时候,吵了一年架,就分手了。"

沉默。夏语冰也不知道接下来该说什么,就像她在母亲的房间静坐,不知道想说什么,但也不是来认错的。并非她还爱着沈随,人哪有那么多爱,时间稀释了感情,爱就没有了,就是这样。可是曾经的爱的誓言还在,即使变成单纯的信义也是不能背叛的,是对自己初恋的起码尊重。最终母亲说,既然你无怨无悔,那就要接受因此而发生的一切后果,承受所有的劫难。

语冰觉得母亲是对的,她离开母亲房间的时候,虽然脸上还有泪痕,身心已经渐渐恢复平静。她回到自己的房间,看到小桑君在她的床边打了地铺,睡着了。

年轻人的世界语冰根本不懂,她以为他会彻夜难眠,双泪长流,然而他睡着了。就像两个月前的茉莉,老家的奶奶过世了去奔丧,她说从小是奶奶带大的很有感情,却还是在高铁上发抖音说空调太冷,把她冻得要命。语冰非常不解年轻人为何可以一边伤心一边发抖音。天都塌下来了,并不耽误小桑君睡觉。

第二天,小桑君对她说:"妈妈,我想去日本游学。"

她说好。

就像什么都没有发生过一样,小桑君收拾了箱子。她也是例牌送他到机场。

一切如常,两个人在车上都没怎么说话。直到语冰的车开上机场出发大厅的平台，她也是例牌不下车的，坐在副驾驶的小桑君自然完成了凝视时间。有些意外的是，两个人都笑场了，是那种眼睛里有泪的笑场。

然后他们拥抱，小桑君低声地说了一句："妈妈我爱你。"他下车离去，语冰一直望着他的背影。

眼睛还没来得及模糊，车后已经响起了长短不一的鸣笛声。

她只好踩下油门，发动车子离开了。汽车开上高速公路，小桑君打来电话，用的是新手机号码。语冰打开蓝牙，听见小桑君在电话里说道："妈妈你别难过，小心开车，其实什么都不会改变啊。"

眼泪像断了线的珠子一样滚落下来。

回到干休所，语冰在地下车库里足足坐了十分钟，发呆，收拾情绪，擦干眼泪，在后视镜前整理了一下头发。她不能让父亲看出来家里发生了什么事。

这才打开车门下车回家。

她啪的一声关上车门。

"抱歉。"几乎是同时，校花妈妈的声音令语冰回过神来，"请问我可以抽支烟吗？"语冰点头，校花妈妈便从自己的提包里翻出香烟和一次性打火机。

语冰想了想，也起身走到自己的办公台前，在最下面的抽屉里拿出了香烟、打火机和一只水晶烟灰缸。是的，她以前会吸烟，但是戒了很久了。在得知周经纬有梅和翠之后开始复吸，不过只限于一个人的时候。

"吸我的吧。"语冰把中华牌香烟递给校花妈妈，校花妈妈抽的是红双喜,校花妈妈接过中华烟,把刚点着的双喜烟按灭之后,重新放回了烟盒。

不一会儿,淡淡的烟雾懒洋洋地弥漫开来。

有好几次,语冰都想告诉校花妈妈小桑君的下落,何必折磨一个老人,毕竟校花妈妈是小桑君的亲姥姥,嘴上说自己没有任何要求,心里怎么可能不挂念呢。再说人和人是不一样的,她和滕纳蜜怎么可能一样。

但是她还是什么都没有说。

人只要年纪大了,便会生发出一种难以控制的固执。她觉得自己也是有了年纪之后,才变得跟母亲越来越像了。

草长莺飞,夏天终于在一场接一场的台风中渐渐远去。

薛一峰是在见到小桑君以后开始夜跑的,虽然他觉得纳蜜入戏太深,还总是领衔主演,但是看到自己松懈的身形、微起的小腹和不定时肿起的眼袋,还是决定严格要求自己。年轻人也可以是无形的榜样,站在一起立见高下。

至少不要让自己的孩子失望吧。

所以无论何时何地,哪怕出差在外,只要条件允许,薛一峰都会利用晚上的时间慢跑七十分钟。一开始十分钟都坚持不了,气喘如牛,满身虚汗,一点点坚持下来才有今天的成果。他的目标是坚持每晚夜跑两个小时。南方的初秋,根本和夏天没有区别,只是早晚沉闷的酷热变成了似有若无的凉意。

薛一峰的家在海滨公寓,隔着一条马路有一道绿化带,然后就是笔直的沿江道。他在江边慢跑,如果江风习习,感觉还不错。

不过今晚没有风,一峰一身短打运动装、气垫跑鞋。才跑了二十多分钟就已经挥汗如雨,他停下来双手撑住膝盖,哈着腰拼命呼气,整个人像跌落在岸上的鱼一样张着大嘴。歇一下吧,他对自己说道,沉住气,沉、住、气。无论如何,出汗也是一件减压的事,在公司跑和政府之间的疏通工作,首先是靠耐心而不是悲情,你损失了十几个亿,政府的眉毛都不会跳一下,反过来你视变化无常为正常,从容淡定还能体谅政府办事人员的辛劳,才能理解万岁最大化。

烦心的事多得数不清,中年男人之路放眼望去就是满地坑,没有好的身体还真应付不了。一峰又开始跑起来,一边跑着,一边这样鼓励自己。

这时他的手机响了。

打来电话的是刘漂。自从上次山东一别,薛一峰并没有就此和刘漂断了联系,反而时逢节假日常常给他快递一些质量上乘的粽子、月饼、香肠什么的,偶尔也有烟酒,尽管价格不算太高,总有一份记挂的人情,保不齐以后还有事找人家。

可能是信号的关系,手机里刘漂的声音断断续续,内容完全组织不起来。而且可以感觉到他那头的环境比较嘈杂,应该是公共场所。听了好一会儿还是不知道他在说什么。通常,刘漂这个人喜欢端个小架子,属于被动性人格,不大主动联络人。想到这里,薛一峰果断决定先跑回家,然后用固定电话打给刘漂。

一峰跑回家中,因为全身是汗,索性直接坐在地板上,后背靠着沙发腿，一只手把茶几上的电话机拎到地上，盘着腿打电话。

刘漂果然是在一个聚会上，他说他有一个同学叫谢富生，是个律师，没有来参加聚会，原因是到广州办案子去了。当时他觉得蹊跷就多问了两句，原来是王大壮请了谢律师办理民事纠纷案，要求滕纳蜜和夏语冰两个人赔偿他的抚养费用，每人各三十万元。谢律师接了案子后就准备好了相关材料，按照原告就被告的普遍原则，已经飞到广州的法院去立案了。一峰急忙问道："这是什么时候的事？"

手机那头停了半晌，应该是刘漂在同学之间打听，最终他确认说，谢富生是今天下午飞抵广州的。

刘漂还说，王大壮的案子在当地非常出名，因为不肯认祖归宗的孩子到底是极少数，所以律师所啊报纸网站啊都愿意资助他，不讲钱讲效益，现在流量就是效益嘛，希望打造出爆款吸引眼球扩大知名度。刘漂又说："这件事我知道得太晚也拦不住了，你那头先想想看怎么应对。"

薛一峰谢过刘漂，又叫刘漂把谢律师的手机号发到自己的微信上。

打电话时他佯装镇定，其实心里早已经翻江倒海。首先是正常人谁愿意惹官非，何况纳蜜和语冰都是在商言商的人，所谓和气生财，官司上身是犯大忌的事。而且这种事一旦外扬必将层层扒皮，真相是掩盖不住的。并且纳蜜的这个位置不知被多少人盯着，稍有风吹草动就会发生变故，不仅辛苦打下的江山要拱手相让，名声扫地也是必然的结局，这个八卦故事够人们议论一年的。

诉讼之路一旦开启，所有的细节都会被兜底翻，人民群众是最好的验尸官，他薛一峰也跑不掉。局面失控就如同脱缰的野马，所有人都在聚光灯下被无止境地放大再放大。而且网络的传播会像病毒一样扩散。

也许正是这两个女人都爱面子，或者都爱小桑君希望他免受伤害，以至于低调无声地处理这件事成为她们之间唯一的默契。如果这一平衡被打破，情况只会变得更糟糕。

薛一峰来不及多想，先给谢律师打了电话。谢律师的声音慢条斯理，但也充满戒备。一峰赶紧说明自己是刘漂的朋友，刘漂嘱咐他谢律师到这边人生地不熟，希望他多多关照。谢律师听到刘漂的名字，这才放心，也才告诉一峰他现在所在的位置。

一峰随便用凉水冲了个澡，沐浴液都没用，前后三分钟不到就擦干身体，然后穿了一身休闲服出了门。

按照地址导航，出租车停在天河区的一家快捷酒店的门口。酒店门脸不算太小，但是周遭环境逼仄，紧挨酒店左边的是一家文具店和一间牛奶房，右边是全家连锁店，然后是五金杂货。不是都网购成风了吗，这种店是怎么生存下来的。

薛一峰一边想一边付费下车。

他庆幸自己判断正确没有开车出来，看眼前的环境附近根本不可能有停车场，如果为停车大费周章简直本末倒置。

谢律师选择住在天河区，显然是做了功课的，是要在被告人居住所在地的区法院立案。而且刘漂刚才还在电话里提醒他，只要这边的纠纷升级，当地媒体就会紧随其后，是否会产生蝴蝶效应还真不好说。

今晚他一定要说服谢律师，将手上的这桩民事纠纷案按下不表。

谢律师住在311房间，他给薛一峰开了门，并没有握手，而是马上说了一句抱歉，说完便回身走回床头柜前，拿起搁在一边的电话筒。原来他有一个电话只打了一半，电话机放在床头柜上，他挤在两张单人床之间打电话，更显得快捷酒店的房间空间狭小。

写字台也是窄窄的一条，旁边放着房间里唯一的一把椅子。谢律师用眼睛示意一峰坐下，之后他继续打电话。这就让薛一峰有时间打量他的长相。

一峰坐下时，椅子突然往下一沉，还轻微晃动了一下，如果是谢律师坐估计要垮。一峰心想这根本连宜家的家具都不是，直接就是伪劣产品。谢律师高大壮实，是典型山东人的体魄，稍有一点八字眉，眼睛大大的就显得诚恳无辜，应该还比较好打交道。

其实谢律师的电话是打给酒店总台的，主要是投诉他这间客房的洗澡池下水道不畅，造成积水，洗好了澡两脚还站在脏水里。交涉了半天，酒店总台才答应明天尽可能给他换房，尽可能就是不一定，据称这一类便宜的小酒店还挺客满的。

事实证明，这些年来薛一峰跟政府官员打交道也不是白混的，至少学到了他们身上的淡定和气度。所以此时，他不慌不忙道："不如谢律师就换个酒店住吧，正好我那里有个会议，还空了两间房，政府背景的酒店，统一结算不能退房，不住就浪费了。"说得轻描淡写，完全不是一回事的样子。

看得出来，谢律师是马上把这话听进去了，虽然天上掉馅饼的事大家都有所警惕，但好事对人的诱惑是情难自禁。

薛一峰的态度又毋庸置疑，还用手机约好了网约车。

谢律师也只好受累收拾行李，仿佛还帮了薛一峰的忙。

利用这个空当，薛一峰用微信叫他的熟人在有政府背景的五星级酒店，订好了带早餐的标间。因为工作关系，他的熟人任何时间段都可以给他申请到预留房间。

账，当然记在他头上。

有个鬼会议，可是话都要那么说对吧。

十四

下午将近五点的时候，纳蜜给薛一峰打来电话。

"今晚有应酬吗？"

"暂时还没有。"

"算你老实，有也不会这个点还在办公室坐着。"

一峰一时不知如何作答，哦了一声。

纳蜜几乎是用命令的口气道："一会儿过来吃饭吧。"

哎呀，薛一峰开始支吾，一时又想不出推托的理由。

"你怕个屁呀，难道我会强奸你吗。"纳蜜砰的一声挂断了电话。

薛一峰放下话筒，用小指头挠了挠耳后，自己也有点不好意思。的确，他现在跟纳蜜打交道有点压力，因为经常有事要商量，见面几乎是无法避免的。一开始，一峰也没有特别在意，渐渐地就感觉到画风微变。譬如有一次也是被叫到纳蜜的家里晚餐，虽然菜式简简单单，但是没开灯而是点了两个香熏烛台，纳蜜穿着的白色家居裙看上去质量不错，而且既不吊带也不透明，但是领口偏低，没系上面两个扣子，一眼看出里面是真空状态。

这是什么意思嘛。

还有纳蜜的冰箱里摆着整整齐齐的罐装苏打水，是她平时不喝的饮料。反而如果薛一峰开车过来，不能喝酒的首选就是苏打水，因为他一直胃酸高，喝苏打水人会感觉比较舒服。凡此总总，总感觉是一种暗示。

尽管什么都没说，不过一峰在心里并不想接受这种暗示。

他也承认自从找到了小桑君，纳蜜改变了很多，至少不像以前那么阴郁、刻毒。而且就像拼图一样，如果每个人都还原了位置，的确是一幅美丽的画卷。

事实上薛一峰也并没有遇到更好的选择，可是他就是觉得自己回不去了。

并且他和纳蜜单独在一起就会感到压抑。

他非常不喜欢这种感觉。

电脑看得太久了，薛一峰感觉眼睛有些酸胀，他闭上眼睛揉了揉太阳穴，站起身来伸了个懒腰，然后离开办公桌，习惯性地走到窗前，双臂环抱向外张望，也是一种片刻的歇息。很自然地，他的眼光停留在对面办公大楼门口的金狮子身上。自从薛狮狮找到之后，关于孩子的联想戛然而止。现在他再看到金狮子，想到的竟是狮子张大口。

钱这个东西，始终是个度量衡，有许多貌似云里雾里神龙不见首尾的事，只要涉及钱，情况就会立见明朗。是的，没错，对于这次王大壮开口要钱的事件，薛一峰难免有一种图穷匕见的深切感受。

安顿好谢律师住宿的那个晚上，离开酒店时已经将近十点钟了，但是薛一峰还是毫不犹豫跑了纳蜜家里一趟。

纳蜜对这件事的反应很是吃惊，老半天才说，王大壮突然要那么多钱干什么。又说，乡下人就是这个鬼样子，又薄情又贪财。薛一峰没有说话，但是心里也觉得没准王大壮原本并无此意，这孩子看着就老实、死犟。但是难保周围的村民不给他支大招，叫他趁此机会狠敲一笔，不然就亏了。

而且王大壮那么听邓小芬的话，说不定就是邓小芬的主意，突然发现王大壮是棵摇钱树。但是邓小芬也太有假象了吧，看上去她的行为是感动中国，背后的形象却是吸金大王。她倒是刀切豆腐两面光，我们城里人吃的是暗亏。

两个人就这件事分析了好一阵。

讨论的结果是，这个钱肯定是要出的，破财免灾，不能因小失大。

纳蜜沉吟片刻道："夏语冰那边，你想怎么办？"

对啊，这的确是个问题。一峰心想，自从整件事爆发以来，钱这件事谁都不提，成为一个禁忌。但其实越是艰难的事越应该量化处理，或者说换算成钱才能真正解决问题。任何时候，出价，都会让人心里踏实。而最折磨人的反而是绵绵无期的良心审判。

"我想，夏语冰的那一份也应该由我们出吧，毕竟，让她出钱，根本没有一点道理。"薛一峰声音阴沉道，眼睛也望向地面。

"我们哪有那么多钱。"纳蜜冷冷回道。

"把寂松转让出去算了，虽然是好东西，可是背得太重了。"后面的话，一峰吞了回去，那就是，根本没用。小桑君消失得那么彻底就说明这种物质储备根本没用。

纳蜜想了想，不出声，估计心里也觉得是这么回事。

到了第二天中午，薛一峰把谢律师带到纳蜜预订的渔民新村。这家酒楼颇具特色——底层全部是游水海鲜，再造了一个熙熙攘攘的集市现场，一个接着一个的玻璃池或者鱼缸鱼柜，重重叠叠，一眼望不到头，场面巨型而且震撼，食客按照需要和新鲜程度即买即做。谢律师显然没有领略过这样的宏伟阵势，老半天都是目瞪口呆的表情。

包房在三楼，大得像会议室。

两侧都是大型沙发簇拥着餐桌，水晶吊灯。然而看上去所有的一切都毫无品位，墙上挂着行画，沙发造型又土又丑，也就不给人带来压力。

谢律师住进五星级酒店的第二天早上，薛一峰提前在自助早餐厅一边喝茶一边等候谢律师。很快，谢律师就出现了，他忙起身向他招手。谢律师看见他也很高兴，显然昨天晚上睡得不错，脸色也不那么紧绷了。

两个人吃了一会儿早餐。五星级酒店的早餐还是相当丰富的，主要是中、西、日三种风格。看得出来，谢律师吃得比较节制，有一种外人皆是圈套的警惕。薛一峰聊了一些闲话，才说服谢律师先见一下被告人，有些问题如果可以协商解决，不是更好的结局吗？而且薛一峰反复表态，孩子是受朋友之托放在我们家，丢了肯定是我们的主要责任。大家再一起商量怎么办，我们肯定不会让谢律师为难。看到薛一峰的态度这么诚恳，谢律师也觉得没有必要一开始就剑拔弩张。

后来进了这么夸张的海鲜餐厅，谢律师彻底糊涂了，脑门上一直写着世界发生了什么。估计任何一个律师的经验都是被告人发狂咆哮，往外飙狠话，哪里见过这么服帖的被告人，还给他这么高的礼遇。

各种海鲜只是简单处理烹饪了一下，就原汁原味地端上了餐桌，薛一峰又开了一瓶五粮液。酒过三巡，谢律师的小脸就红扑扑的了。

算是彻底放松下来。

应该说，事情的发展还是相当顺利的，尤其是纳蜜的表现，无论是见面还是宴请，都表现得大方热情，知书达理。即使到了讲钱的环节也还算风平浪静，但是讲钱的尾声，纳蜜提出了一个要求，并且在谢律师面前反复强调，意思是抚养费我们愿意补偿给王大壮，唯一的要求就是他必须和亲生母亲相认。

听起来这个要求也是合情合理的，但是就目前的状况，薛一峰更希望尽快息事宁人，所以在纳蜜进一步要求王大壮应该尽快到广州来工作时，薛一峰打断了她的话。

"既然是给钱，就不要先讲那么多条件了，毕竟我们受人之托结果又把孩子弄丢了，现在拿钱出来，应该是一种赎罪的心态。"说这话时，薛一峰看着纳蜜，但显然这话是说给谢律师听的。

因为他在心里权衡了一下,这样的条件说不定又会引出一场大戏。

一切应该从长计议。他怎么可能不理解纳蜜焦躁的心态,如果王大壮不回到夏语冰身边,他们连询问小桑君现状的资格都没有。

但是这种时候才要沉住气啊,尤其是在谢律师面前。

"你什么时候变成上等人了?"纳蜜秒回了一句,脸上虽然仍带着笑容,目光却犀利地向他杀来。

"我的意思是这件事不能操之过急。"

"可是这个要求这时候不提,还有机会提吗?我们要出那么多钱啊,我们的钱也不是大风刮来的。"

薛一峰没有说话,他想用眼神制止纳蜜再说下去,并且这个问题他们昨晚并没有讨论过,现在如果在谢律师面前争论起来,难免言多必失。

好在,谢律师好像是好酒好菜给搞嗨了,只是笑眯眯地看着他们,什么也没说。

纳蜜还想说什么,被薛一峰用更加严厉的眼神制止了。

因为餐桌实在太大,否则他会在桌下踢她一脚。妇人之见。

当天晚上,薛一峰又陪谢律师在天字码头上船夜游珠江。这个选项对于外地人尤其是北方人来说,还是别有特色的。

江风温柔,岸上的灯光争相夺目更显夜色华丽,梦幻一般。两个人单独在一起的时候,薛一峰反复强调,我们的赔偿是无条件的,是给孩子的精神抚慰金。而且需要谢律师回去之后做好说和工作,并且全权由谢律师起草和解协议,提供银行账号,也便于我们这边及时兑现钱款。

话都说成这样了,谢律师的脸上也露出了谈笑间樯橹灰飞烟灭的神情。

安全送走了谢律师,及时制止了一场暗战,薛一峰着实松了口气。送谢律师到机场的时候,薛一峰还托他带给刘漂两罐英德九号红茶。刘漂的胃不太好,不能喝绿茶。做了多年的政府工作,薛一峰养成周到细致的习惯,就像米其林餐厅最重视的其实是厕所,政府部门的人最讨厌有前蹄没后爪的人。

想到这里,薛一峰独自在办公室里又一次如释重负般地松了口气。

他举起右手,握拳捶了捶左侧的肩膀,然后活动了一下肩颈。

无惊无险到了下班时间,薛一峰开始收拾公文包准备下班。这时有人敲门,进来的是本部门的一个年轻助理,她的身后跟着茉莉。此前由于各种事情去过夏语冰那里,所以薛一峰认识茉莉。

助理走了以后,薛一峰要给茉莉倒水,茉莉说不用了,她就是赶在下班前送一个文件过来,因为是小周末,以免耽误事。

茉莉说完递给薛一峰一个牛皮纸信封,专门把封口向上,表示完好无损后就告辞了。

谢律师来的这几天,薛一峰也带他去了夏语冰的办公室。不知出于什么心理,薛一峰事先并没有告诉夏语冰。尽管相比起纳蜜,他跟语冰的接触多一些,但是紧张的关系始终没有半点改善,也就是说他一直挺怵夏语冰的,而且谢律师来的事一句半句的也说不清,不如就让谢律师自己说。

在夏语冰的办公室见了面以后,薛一峰给两个人做了介绍。夏语冰似乎一点也不感到意外,好像她知道谢律师要来一样,听他介绍了情况,也没有吃惊的神情。

待谢律师讲完之后,她只是从茶几上重新拿起谢律师的名片,只说了一句"我再跟你联系吧",就没有再说什么了。这样一来,谢律师反而感到有些奇怪,估计是对这次冰火两重天的接待感觉不太明白。

这时薛一峰急忙对夏语冰说道,夏老师,抱歉没有跟您商量,我们还是选择了庭外和解,至于和解的条件我写了一个书面意见,您先看一看,有什么要更改或者遗漏的地方我们再商量解决。说着,薛一峰从公文包里拿出了一个文件夹大小的快递信封,郑重地放在夏语冰的办公台上,不等夏语冰有什么具体回应,就起身告辞了。

就是在这个信封里,薛一峰放了一张一百万元的支票。这个数字也是跟纳蜜反复商量之后办理妥当的,纳蜜在转让寂松日料的时候也是强调买家必须付现金,因为急用也没有开太高的价格。总之对于他们来说一百万现金还是可以凑出来的。

也必须凑出来。

薛一峰在给夏语冰的信里解释说,我也知道这件事绝对不可能用钱来解决,但有的时候钱也是一种态度,至于怎么付给王大壮或者付多少,由夏语冰来做决定也比较合适。

现在这张支票原封不动地回来了，就静静地躺在薛一峰的办公桌上。

薛一峰又看了看茉莉送来的信封，里面，的确没有片言只字。

而他写的那封情真意切的悔过书，足有六张A4大小的纸，密密麻麻，几乎就是纸上的跪拜谢罪，结果也只是感动了自己。

等他离开办公室的时候，公司职员已经全部走空了。他们留在椅背上的外套，办公桌上的植物多肉，还有形态各异的茶杯，无一不让薛一峰感到怅然。相比起他背负的沉重的十字架，他们的轻松闲适真让他羡慕。

他决定不去纳蜜的家里吃饭，在微信上告诉她临时有事。

就算曾经有过什么念头，也总会发生一些事情提醒他，我们都回不去了。让生活变成原来的样子，除了是美好愿望之外，还是一句不错的台词。

薛一峰突然产生了一种强烈的厌倦感，他真的好累，好希望往事尽快如烟，尽快灰飞烟灭。他暗下决心把这件事处理完之后，一定开始新生活。即使是本公司的爱慕者也完全不考虑，跨界，必须跨界。

他开车回家，把车停在地库，但是没有马上上楼回家，而是去了附近的小区服务区。本来打算吃一碗馄饨面的，但是看见另一家快餐店的海报在推出新品，想一想自己没什么胃口，就用新品刺激一下食欲吧。而且那个店里没有什么客人，服务员扎堆儿聊天还吃西瓜，有一个外送员在等送餐，一个女服务员拿片西瓜给他，还被他严肃地拒绝了。他穿着黄色的制服,腰板笔直,很有职业尊严的样子。

坐等了大概五分钟的样子,薛一峰的快餐被端上来了,一个青榄猪心炖汤,一个酸笋炒肉,一碟青菜和一碗饭。

吃饭的时候,薛一峰突然对夏语冰油然生出一种敬佩之情,这个世界上有不爱钱的人,但同时又有魅力的人委实不多。她到底是一个什么样的女人,令薛一峰很是困惑。在一个禁欲的年代她胆敢私奔,在一个物质主义的年代她不要送上门的钱,她明明为了爱情飞蛾扑火,却又能跟周经纬过上幸福的生活,她明明知道旧事已无法挽回,却拒绝了最现实的补偿。她到底是女神还是女巫?总而言之,薛一峰承认他对女人了解得不多,但也并非情场白丁,夏语冰绝对活在他的经验之外。

他被青榄猪心汤烫了一下。

一个人如果不离开家门口,常常会产生一种错觉,就是貌似丰富的所谓社会关系,足以令自己过上作威作福的生活,那可真是异想天开。

夏语冰一边想着,一边举着接站牌子。这个牌子的木把手已经被各种人的手握得油光锃亮,还黑乎乎的。木牌虽然简陋但还是管用,上面贴着一张纸,纸上只写了一个字"壮"。是的,这里是北京西客站,她到这里是来接人的。

尽管是认识王大壮,但是在乱糟糟又人流密集的站台,没有标识恐怕还是接不到吧。当然还有手机,又怕他的山东话说不清自己的位置。

以往,夏语冰也经常到北京出差办事,也许是因公的缘故，每每前呼后拥，茉莉又非常能干，总是事先把各种步骤分解成为可操作的细节，令她感觉所有的事都是零负担。现在完全不同了，她为自己的私事请了年假，一个人来到北京，感觉一下飞机就被北京这只虎鲸给吞噬了，她就像一个北漂，一个上访者，没有人接机，也没有人搭理她，到处都是行色匆匆的旅人。

而一个人要对付一个大城市，相当不容易。

见过谢律师之后，夏语冰本能地以一个母亲的敏感，意识到王大壮遇到了麻烦。而且就他决定打官司这个举动，可以分析出：第一，想拿到这么多钱，这个麻烦肯定不是小事；第二，这个麻烦并非急如星火，需要一个过程才可能得以解决。所以夏语冰没有马上做出反应，毕竟她还是一个大公司的高级管理层职员，每天都要处理各种大小危机，而且已定的由她主持的公司重要会议，她也是不可能无故缺席的。待手头上这些急办的公务处理妥当，已经是两周之后。

利用双休日，夏语冰坐飞机去了一趟山东青州。

事先她没有跟任何人打招呼，主要是担心知道之后，任谁都会有所准备或者掩饰，这就有可能令她失去判断，毕竟人在第一时间做出的反应更接近真实。

当天下午四点多钟，她赶到了邓小芬的家。院子的门开着，她径自走了进去，在院子里遇到了邓小芬的女儿美华。美华正在剁猪菜，见到她急忙迎了过来，一边在围裙上擦手，然后握手，一边示意她先到院子的外面等她。夏语冰想说话被她用手势制止了，用手指着屋子里皱着眉直摇头。语冰见状也没有多说什么便走出了院子，站在院门外等候。看到上次来只剩枝干的枣树此时枝繁叶茂,长得分外欢实,院墙本来就是象征性的低矮,碧绿的枝叶彻底长到墙外面了。

不一会美华才一溜小跑地出了院门,上来拉着夏语冰的手,半天没吱声。看她的表情好像是千言万语不知从何说起,夏语冰急忙宽慰她道,别急别急,天塌的事也慢慢地说。

主要是语冰淡定的神情让美华镇定下来。

事情并不复杂。大约是在八年前,邓小芬因为心动过缓,每分钟才四十二跳,最慢的时候三十八跳,大夫担心她心脏骤停,建议她安装心脏起搏器,应该说效果还不错。现在起搏器的寿命到了,要换一个,虽然贵一点,但是家里所有的人凑一凑还负担得起。问题出在换起搏器的时候,新的装进去了,旧的却只拿出来了一半,剩下一半的旧机器和电线卡在心脏部位拿不出来了。本来换起搏器的手术并不是大手术,技术也相对成熟,偏偏这种不经常发生的故障出现在邓小芬身上。

邓小芬出院回到家,本来以为可以和一个半机器和平共处。但是身体是有排斥反应的,残旧机器这块反复发炎形成了一个瘘管,人也经常长时间发低烧,非常辛苦。只能又跑到青岛和济南去瞧病。

大夫的意思是说,这半截旧机器必须手术拿掉,因为这就是一个感染源,不做手术就没法解决根本问题,吃多少消炎药都是白搭。但是这个手术只有北京才能做,省城的医院没有这个技术,搞不好病人就下不了手术台。

美华说,本来到北京做手术就是一件糟心的事,北京那么大去找谁呀?何况因为给邓小芬看病,家里的钱早倒腾光了,还落了饥荒,亲戚朋友借了个遍再也没法开口了。

家里人想来想去,也有人提议向城里的两个妈妈求援,邓小芬坚决不同意,她说那我都成啥人了,而且谁相信你是生病,这病一解释就得半小时,谁有耐心听完?不就是讹钱嘛,农村人不都这样嘛。

让人没想到的是,开家庭会议的时候大壮一言不发,扭身出门就去找人商量。也不知道是谁给他出的主意,还给他介绍了谢律师。

直到谢律师从广州回来,到家里商量怎么起草和解协议,全家人才知道这件事。邓小芬气得又倒下了,本来还能下床做点简单的家务,现在一病不起,直埋怨大壮做事主意太大,太冒失,正不知道这件事该怎么处理。

的确,就是把以上的这些事情说清楚,美华都花了好长时间。

夏语冰思索了一阵,沉吟片刻道:"那我就不进屋了,你妈妈看见我心里肯定不好受,还要说很多话,会累着,对身体不好。"

"可是你都到家门口了,连口水都没喝。"

语冰打断美华的话道:"这不是说客气话的时候。大壮他在家吗?"

美华道:"不在,他出车去了,要过几天才回来。"

"行,那我就先回广州了。等大壮回来,你叫他准备好你妈妈全部的病历和片子,就是胸片、X光片。"见美华有点茫然,语冰又解释了一遍,直到她听懂,才继续说道:"我回去请假,然后我和大壮在北京碰头找医院和大夫,一切办妥当以后你们这头再护送你妈妈到北京来。你看这样行不行。"

美华连声称好。她也是不善言辞的人，语冰发现她鼻头通红，两眼都湿润了，可她拼命忍着，尽量不表现出来。

这次到青州来，夏语冰什么都没带，只在包里塞了一个装现金的信封，在两三万之间。历年来的经验告诉她，关键时刻现金才是真正的硬通货。她把这个信封交到美华手里，叫她打点火车票等事宜，然后就匆匆地离开了。

又一批旅客从出站口喷涌而出，密集的人流让夏语冰感觉呼吸不畅，脑袋也昏沉沉的。她使劲睁了睁眼睛，再一次举高木牌，尽可能地朝远看。

"夏婶。"这时一个极其低沉的声音在她耳边响起，定睛一看，果然是王大壮矗立在她的面前。她本能地想跟他握握手，但是手还没伸出来，大壮已经拿过她手上的木牌扛在肩上，另一只手提着旅行袋径自往前走了。

夏语冰跟在大壮身后，要加快步伐才能跟上大壮。他比她想象中还要高大。可能是小小年纪就外出谋生，他比普通的农村青年见过些世面，并没有到了大城市就手足无措，一副处处怯场的神情。

两个人坐上了网约车。必须承认，时代还是大踏步地前进了。夏语冰事先约好了专车服务，司机戴着白手套帮他们把木牌和行李放在后备厢里。轿车是几乎全新的黑色凯美瑞，司机不仅车开得平稳，见两个乘客都不说话，还兼职半个导游，路过什么标志性的建筑物还解说两句，感觉北京人民很贴心。下车时语冰表示必须加赞他的五星服务，司机高兴得一个劲地说谢谢。

语冰带大壮到达的是一个貌似酒店的地方，挂牌却是某省的驻京办事处。这个地方是茉莉介绍的，优点是外观不太起眼，所以在北京清除全国各地办事处的运动中得以幸免，但是里面的房间和设施等都还不错。用茉莉的话说是四星的服务，三星的收费，还包一日三餐，算下来应该是二星收费了吧。

茉莉只知道夏语冰要带朋友到北京看病，她还说，看病对任何一个人来说都是力气活，前景未卜，充满荆棘，住五星谁住得起。

这孩子一直是语冰的贴心小棉袄。

语冰在办事处订了两间房，和王大壮住隔壁。办好王大壮的入住手续，又陪他上楼放下行李，两个人便一块到一楼的餐厅吃饭。语冰心想，第一顿饭还是应该吃点餐，以后忙起来就不用那么讲究了。

翻菜谱的时候，语冰问大壮不吃什么。

"鱼。"

"为什么？"

"腥。"

语冰点头表示知道了，又很想开玩笑说你多说一个字会死啊，不过不熟还是不说为好。同时又想到遗传基因的强大，周经纬就不吃鱼，说是小时候被鱼刺卡过。

语冰点了一个京酱肉丝、一个烧二冬和一个醋熘大白菜，外加一个番茄排骨汤。

上菜以后，大壮也不客气，闷头大口吃饭吃菜。

北方菜对于语冰来说还是偏咸，所以她吃得又少又慢。

并且语冰觉得在她和大壮之间必须打开僵局,一切从对话开始。以往她曾对付过的危机处理比这要难得多,多硬的钢铁都被她化作绕指柔。

于是她开口道:"我给你写的信,你都收到了吗?"

大壮想了想,还是说了实话:"没看。"

难怪她从来没收到过他的回信,当然也没有指望过。本以为他只是不回信而已,想不到根本没拆封。

"给你寄的快递呢?"语冰继续问道。

"都没浪费,我哥和姐夫在穿。"

语冰寄过不止一次快递,少说三四次吧,运动服是耐克和阿迪,但是眼前大壮身上穿的还是假李宁,劣质的布料,领口的线角都没轧直,一看就是地摊货。

他真是不介意一句话把天聊死,直白到一剑封喉。

看片器雪白一片,光线耀眼。大夫把邓小芬的胸片插了上去,即刻可以清楚地看到心脏部位的一个半起搏器,废弃的那半个机器斜挂在心脏右侧,卷曲的剩余电线像一条微型的小蛇,弯弯扭扭,纤毫毕现。

几乎所有的大夫都是这样,插胸片像甩飞碟,一扔一个准,黑色胸片立刻被看片器的白光三百六十度无死角地拥抱,并且紧紧贴在一起。这种片子根本不用反复看,大夫随便看两眼,便开始低下头去,阴沉着脸翻看邓小芬破烂不堪的病历,神情凝重。

进京之前,夏语冰调动了自己全部的社会关系网,整理出可以通过朋友介绍找到几个北京大医院大夫的名单。这些朋友相对靠谱，都联系到了大夫本人，而且全部都是在临床工作时间，也就是在科室病房接待了夏语冰，因为若是看门诊，一是挂不上号，二是挂上了号也不一定看得成，敢插队就有人敢跟你拼命。

所有大夫的意见基本一致，就是这个手术只能在某医科大学附属二院做，而且必须找到附属二院胸外科的宫超大夫做。

宫超，简称超人，留美博士，附属二院胸外科主任医师。

连续跑了几天，都是夏语冰冲在前面，王大壮紧随其后。得到这样的结果也实属不易。按照语冰的经验，处理所有的危机，必须先找准方向。

这天晚上，虽然两腿酸痛，语冰还是在灯下用透明胶粘贴好邓小芬的病历，否则基本散架，成为一堆废纸片。她小心地把破损的页面一点点修复，不过心里想到的是白天大夫们合上病历后笃定的神情。"这个手术只能找超人。""找超人，不然很可能下不了手术台。""可能还是超人最有把握，因为你是朋友介绍来的，如果其他人答应手术不建议你们尝试。"通常医生是不喜欢把话说满的，但是这次他们全部这么说。

这个手术的复杂程度完全在语冰的意料之外。原来从身体里取出一样废弃物这么困难，尤其是在心脏部位。

夏语冰打开便携式笔记本电脑，查到附属二院的地理位置和现在住的驻京办事处是个大调角的关系，如果再加上塞车等原因，一天跑一个来回都够呛。而且最终邓小芬也是要在附属二院动手术，只有临近才方便照顾。所以当务之急是先到附属二院附近找旅店,尽快搬过去再说。

第二天一早,吃过简单的早饭,语冰就带着大壮往附属二院那边去。他们搭乘地铁又转乘公交车,将近中午才赶到那边。网约车不是不好,但是塞车就没法保证时间,地铁十分拥挤也只能咬牙坚持。

这一次的情况是倒过来,大壮领着语冰挤进各种公交设施。

附属二院附近的快捷旅店家家爆满,有些干脆门口直接架着客满的招牌。语冰和大壮只能扩大范围,总算找到一家酒店,设施稍好一些,当然跟办事处没法比,可能是价格偏贵,还有一点松动的余地。

估计是承包的性质,办理入住手续的是一个中年大妈,胖胖的,眼皮和腮帮子都耷拉着,看了两人一眼道:"你们是母子关系吧?"

一个说是,一个说不是,听着变成是不是。

又问:"只有一间房了,但是里面有两张床,可以吗?"

一个说可以,一个说不可以,听着是可以不可以。

中年大妈的脸又垮下来半寸,不客气道:"去去去,我没工夫跟你们这逗闷子,到一边想好了再过来。"说完合上住宿登记簿。

夏语冰没有表情地拿出银行卡刷了住房押金。

转过头来,大壮并不在身边,而是站在旅店门口等她,见她走过来又扭身出了店门,一个人在前面闷走,显然是对刚才的结果不满意。

夏语冰加快步履追了上去,厉声道:"王大壮,你给我站住。"

王大壮停下脚步转过身来,但是并不看着夏语冰,而是看着斜下方,就是那种目光孤悬的状况。

语冰走到他的面前,板着脸道:"我们到北京是来干吗的?"

"看病。"

"你还知道啊,那你使什么性子。我告诉你王大壮,不管你承认不承认,我都是你的亲妈,否则我干吗要来管你的事,我如果不是看在邓小芬对你恩重如山,我干吗要管这件事。我们跑了这几天,事情还远没有头绪,能不能挂上号,不知道,能不能找到超人能不能尽快手术,全都不知道,我们只知道无论碰到什么困难都必须去面对。我告诉你王大壮,北京不是你一个人的北京,医院也不是你一个人的医院,我们吃苦受累是应该的。但是你给我记住,我们到北京不是来犯犟是来救命的。"

说完这些话,夏语冰径自朝前走了,头都没回。

王大壮根本没有领略过夏语冰职场上的威严和冷面,此后虽然一言不发,但是语冰感觉到他偶尔会瞥一眼自己的脸色。

下午三点多,两个人才回到办事处,因为没有吃中午饭,都有点饿了。

语冰在楼下对大壮说道:"你去麦当劳买点吃的,我上去收拾东西,吃完东西就退房,我们今天就要赶到附属二院那边去。"

"哦。"

夏语冰从包里掏钱包,一边道:"我要一个鱼柳包就可以了。"

"我有钱,我姐给我的。"大壮说完这句话,转身离去。

从后面看,他微微有些端肩,几乎和年轻时的周经纬一模一样。看着他孤独的背影,语冰突然鼻子发酸,内心深处又有一点点自责,刚才滔滔不绝的那一番话是不是有点过于严厉了?她想。

和所有的三甲医院一样,附属二院的门诊大厅也是人头攒动,混乱嘈杂。

昨晚搬至这边的快捷酒店,来回奔波了一整天,语冰和大壮两人都十分疲惫。语冰叫大壮先洗澡先睡觉,自己在电脑上和茉莉对谈并处理一些公司业务上的事。因为说是休年假,毕竟这段时间公司业务繁忙,本部门的工作不可能完全撒手不管。另外也要跟何姐姐联系,希望父亲的情况一切安好。

父亲对于小桑君的突然离开,似乎并没有产生怀疑,因为是去日本精进厨艺的确合乎情理。他们分别的时候,小桑君用力抱了一下外公,外公也没有说什么,只是轻轻拍了拍他的脸。他们俩之间,平时都是用宠溺的目光互相交流,还都以为别人没有注意到或者没发现,就像两个相爱的人永远以为他们置身旷野可以随时随地纵情千里。小桑君上车以后,语冰启动了车子,她从后视镜里看见小桑君一直扭着头从车后窗看着越变越小的外公,回过头来,他也是呆呆地看着窗外。语冰可以感觉到他情绪的起伏,却也不知道说什么好。

父亲老了,不应该让他承受任何波动。

这也是语冰对母亲的最后承诺。

等到语冰洗完澡,和衣躺在床上时,大壮早就睡着了,可以听到他均匀的呼吸声。语冰在黑暗中想到,大壮虽然长了一张村帅的脸,一口的山东腔,但是他睡觉安静,不粗野,不打呼,这一点太像她和周经纬的孩子了。

第二天一早,语冰便摇醒大壮,两个人饭都没吃先到附属二院排队挂号。当时还不到早上六点,挂号的队伍已经蔚然可观,都排到门诊大厅外面去了,少说也有上百人。据称比起凌晨四点的协和医院,这都不叫事。

两个人从五点五十排到八点医院上班,宫超已经无号了——挂号处窗口挂出无号专家的名字,宫超排在第三行。

夏语冰站在门诊大厅里发愣,一时脑子空白。

这时走过来一个黄牛,五短身材,五十岁上下,却长了一张娃娃脸。老熟人一般地跟她搭话:"外地来的吧,没挂上号吧,几点过来排队的?"

语冰答道:"不到六点。"

"六点,你怎么不吃张油饼再过来啊,你以为是买电影票啊。"

"那要几点来挂号?"

"你先说挂谁的号吧。"

"宫超。"

"超人啊,两点来排也没有,他的号放得就少,有时候好几天才放两三个号。"

"你手上有他的号吗?"

175

"大姐是个明白人。"黄牛一边说，一边暗自伸出两个手指。

站在旁边一直没有说话的大壮道："两百吗？"

黄牛笑道："这位小哥，第一次来北京吧？"

语冰小声对大壮道："两千。"

大壮啊了一声，满脸炸开惊叹号。这时有个男人来找黄牛，两人低声说了两句，听不清具体说什么，只听到一些科室的名称，儿科、肾泌、普外什么的，然后来人就搂着五短黄牛的肩膀转身走了。

五短黄牛还不忘回头跟语冰叮嘱道："有事找我，我每天都在这儿。"

说完头也不回地走了。

大壮还是很生气，低声对语冰表示："夏婶，我每天晚上两点来排队，不信挂不到宫超的号。"

语冰思索片刻，先去了问询处。问询处围了一堆人，都在哇啦哇啦大声说话，以大妈为主，大壮根本挤不进去。语冰叫他站在外圈等，自己插空挤进去了。

等到挤出来的时候，不仅头发凌乱，鞋子还险些被挤掉。

语冰金鸡独立提鞋子，身体晃了两下，大壮下意识地急忙上前扶住她。

语冰对大壮道："刚才问了，就是挂上宫超的号，最快的手术时间已经排到明年下半年，而且看病一定要本人来，只有病历的根本不看。"

大壮顿时傻了眼。

离快捷酒店门口大约不到十米的距离，有一家书报亭，里面外面全部挂满琳琅满目的杂志，正面平铺的是各种报纸，总之给人花花绿绿百宝尽出的感觉。一个年轻的女孩子守摊，待人恭敬，满脸堆笑，看着就是外地来京务工人员。

没有人光顾的时候，她会站在亭外做做保健操，是个热爱生活的人。

书报亭旁边有一个垃圾桶，黑色的外壳，全金属的包边，两个圆桶紧挨在一起密不可分，一边可回收一边不可回收。桶高至齐腰，顶上像凌空戴了两只帽子，同时敞开成各一个圆盘，中间一圈放着细沙。

经常会有不相干的人围着垃圾桶抽烟。

夏语冰也顾不得有人没人，或者自己的形象如何了，反正谁都不认识，傍晚时分，也站在街头吸烟。从中午到下午，又找了一圈熟人，连父亲老战友的红二代都找了一遍，根本没有人在卫生医疗系统工作，有人都不知道偌大北京还有附属二院这么个地方。

她又深深吸了口烟，袅袅腾腾的烟雾中，只有对面的吴亦凡冷漠地看着她——书报亭外挂的杂志封面，男星更流行满不在乎的鄙视脸。

这时大壮走了过来，把她落在房间里的手机递给她。

手机爆响，来电显示仍旧是"老公"两个字。

电话是周经纬打过来的，问情况怎么样，他时常有电话打过来，并不出奇。语冰只是轻描淡写说了两句。经纬问要不要他也飞过来，语冰说算了吧，这种事又不是比人多。一边心里又想，你在北京认识谁呀，来了又有什么用？

周经纬说:"钱的方面,你不用想太多。我们佛蒙特的别墅我已经挂牌在卖,我自己租了公寓住,离公司近,一切都方便。倒不是邓小芬的手术要卖房,那还不至于。主要是老房子里有太多记忆,实在不想面对。最后一次分手回美国,其实就没在老房子里住过,太难受了,点点滴滴都是杀人的刀。所以钱不是问题,我会汇到你的账号上。"

"我还利用假期,去日本看了小桑君。"周经纬继续说道,"在奈良的一家寿司店打工,见到我他挺高兴的,还请假带我去了公园看鹿,游览寺庙,亲手做了柿叶寿司和飞鸟火锅给我吃,感觉到他是一夜之间长大的。我们进行了男人之间的对话,具体内容就不用向你汇报了吧。他其实内心还蛮有力量的,这一点出乎我的意料。"

周经纬还说,他要给小桑君留钱,可是小桑君坚决不要,他说他不需要钱,也不需要馈赠,甚至都不需要爱情,他只想精进厨艺,做一个正直的人,诚实的人,忠于自我,心怀怜悯,做最真实的自己。他希望我们为他感到骄傲。

"他居然说出了'爱情'这两个字,简直让我惊喜。我其实一直很担心他对女性不感兴趣成为绝缘体。"有关这个话题,周经纬又滔滔不绝说了一会儿。

"他想我吗?"语冰忍不住问道。

对面静默了两秒钟。"他爱你,我也爱你。"周经纬低声回道。

不等她做出任何反应,周经纬那边已经挂断了电话。

之后他在微信中发来一张照片,是当年她母亲过世的时候拍的,她一脸的憔悴沧桑,而他的一只大手紧紧地搂着她,她在他的怀里，痛苦而怅然地看着这个世界。

不得执手，此恨何深。

她还是一字未回。

十五

然而，这个晚上，那首诗无端地从她心中飘过：

我还是很喜欢你，像风走了八千里，不问归期。

我还是很喜欢你，像等了多年故人的老城门，茕茕孑立。

她的眼角湿润了。

这个晚上，夏语冰做了一个决定，她叫大壮回青州和美华一起把邓小芬接到北京来，大锤和父亲留守看家，都跑到北京来也没什么用。同时还要看邓小芬的身体情况，如果发烧在三十八点五摄氏度以上，就得先在当地卫生院吊瓶子消炎，否则路途劳顿身体吃不消。如果只是发低烧，还是要把人背到北京来。

语冰道："你那边买好了票，我就在这边多租间房子，服务台那里我已经登记了，一有房间就给我们，我再到黄牛那里买宫超的号，无论如何先排上队，再接着想其他办法。"

"嗯。"自从语冰训过大壮以后，两个人的关系反而有所改善。

语冰又道："你还是要带一些现金回去，不知会碰到什么事用得着。"一边拿出一沓钱递给大壮,又嘱他路上小心一点,别把钱弄丢了,会误事。

大壮道:"我妈给我裤子里缝了暗兜,装钱从来没丢过。"

"那就好。"

"你放心吧。"

"嗯。"

在网上买好了火车票,语冰叫大壮赶紧休息,第二天一大早就要赶去火车站。

大壮把钱在暗兜里放好,扣上扣子。答应着起身去了洗漱间。

利用这个空当,语冰走出了房间,把门轻轻带上。又走出了旅馆,这时天已经黑透了,街上的往返人流明显没有白天时那么匆忙,除了自然节奏放慢,又有一些倦怠和闲散。不知是谁家的有声读物里传来一个年轻男人慵懒含混的声音:"桃叶儿尖上尖,柳叶儿青满天,在其位的明公,细听我来言。"

书报亭已经关了门,与白天四面张扬五彩纷呈的姿态相比,现在像一个严实的小型碉堡,缩在街边。垃圾桶旁边空无一人。语冰走了过去,深感每一次相遇都是久别重逢,哪怕是北京的一只垃圾桶。

谁都不认识,谁都不会理你,哪怕你在火上烤着水里泡着倍感艰辛,这座城市都是正大仙容,按部就班,眉毛都不会颤动一下。

"提起这宋老三,两口子卖大烟,一辈子无有儿,所生一个女婵娟。"

那个年轻男声给人一种就是不想好好唱的心不在焉的感觉。

在这个冰冷坚硬的大都市,浓浓的夜色像一件黑外套,紧紧裹挟着夏语冰。唯有她手中的烟头,挣扎着一闪一闪,闪动着微弱的红光。

为了迎合都市小资的恶趣味,城中的繁华地段陆续开了一些艺术餐厅,特点就是主打西餐,这样比较容易讲情调。中餐的境界只限于实惠,一讲情调就给人骗子的感觉。艺术餐厅满墙都是主题画展,比如花卉系列、山水系列或者人物系列;再或者三百六十度投影各种名画,画家的级别至少是凡·高之上要么同期人物,并没有人觉得违和。总之商业理念就是在美术馆里吃饭。

薛一峰不喜欢吃西餐,不合口味还装模作样。在艺术餐厅吃西餐就是顶级版的装模作样,感觉很傻。但是办公室政治里面强调的团队凝聚力,说白了就是喝酒聚餐,让每个人都感觉到自己没有落伍,始终活在时尚前沿。

年轻女小资最喜欢挑这种艺术餐厅。

下班之后,薛一峰便跟着部门同事一起移步到附近的K11大厦,去到八楼的一家意大利餐厅。好在是一种隐形的艺术餐厅,就是全无装饰,猛一看就是毛坯房,全部水泥墙柱,头顶上的管道、天花、电线全无掩饰,暴露无遗,只是统一涂成了水泥色而已。初来乍到感觉就是一间废弃的厂房。

同事介绍说,目前这种装修是最贵的。

貌似古老煤气灯的吊灯下方,桌椅都不那么讲究,颜色、样式不仅不同而且互不搭界，没有桌布和餐巾，这种随意性号称潮流西餐，早已不是精致西餐的概念。

初次光顾这家餐厅的其他同事一边四处打量各种陈设一边说好，满脸欣喜的样子。一峰也是第一次到这家餐厅，心想这有什么好的，实在乏善可陈啊，要是在这种地方请政府官员简直就是自杀式袭击，不是不贵，是像在开玩笑，就给人这种感觉。

大家选好一个长方形的餐台，一侧是长沙发，一侧是折叠椅，大伙相对而坐。

年轻的女下属有点哀怨的语气："薛政府，我们可以随便点吗？"

"随便点。"薛一峰秒回道。大伙马上是一片欢呼声，纷纷争抢菜单酒单，血洗政府血洗政府，他们这样互相激励。

一峰则以一种豁出去的心态想，事已至此，总得让他们高兴到底才对，否则钱多钱少都是白花了。

薛一峰环顾四周，发现餐厅有一面是落地玻璃门，门外有个巨大的阳台，也有顾客选择在阳台用餐，同时领略整个珠江新城的万千灯火霓虹，令无尽繁华尽收眼底。总而言之，这些都应该是所谓艺术餐厅的卖点吧。

收回目光的时候，薛一峰看见落地门旁边有一个不太大的方形餐桌，围坐着四个年龄相仿的女孩子，穿着衣饰都还蛮讲究的，估计是白领闺密聚餐。他所以会注意到这一桌是因为其中有一个女孩很像茉莉。正在此时，那个女孩抬起头来，还真的是茉莉，两个人的目光相撞，茉莉只是礼貌地点了点头。

薛一峰对茉莉的印象分至少在八十以上，感觉她年轻持重，比同龄的女孩子懂得分寸，做事不疾不缓，不卑不亢。她虽然看得出来夏语冰跟他有过节，态度阴冷漠然，但是并没有打蛇随棍上，对他还是相当客气的。

有时候，他要找夏语冰聊事，也会先打电话问茉莉时间地点是否方便，茉莉都会为他妥善地安排。

所以，薛一峰在艺术餐厅埋单的时候，就连同茉莉那一桌的饭单，一同结账了。

第二天上午十点多钟，薛一峰正在办公室稍作茶歇，茉莉便给他打来电话。

"薛先生，谢谢啊，那么有心，我又没有为你做过什么。"

"都是小钱，茉莉小姐不用放在心上。"

"还是得郑重道谢啊，让我在朋友面前很有面子。"

"你开心就好，我还怕你会怨我有点唐突呢。"

"哪里的话，我闺密说早知道有人埋单，就点香焗大龙虾了。"

两个人说了一轮客气话。接下来，薛一峰肯定是要问夏语冰目前的行踪，因为关于王大壮索要抚养费的事不可能就这么算了。当然这件事他不可能跟茉莉明说，但是知道夏语冰在做什么，便可以顺藤摸瓜寻求到答案。

茉莉回说夏语冰现在人在北京，为她在山东的一个亲戚到北京做手术的事四处奔忙，事情进展得也非常不顺利。

此后便将夏语冰为邓小芬治病的详情一五一十告诉了薛一峰。

晚上夜跑的时候,薛一峰挥汗如雨,一边在脑子里整理和搜索自己在北京的关系网,也就是说,如果要出手帮助夏语冰,找到谁最合适。

整整一天,薛一峰的工作都不在状态,常常走神。尽管夏语冰什么都没有说,但是她的行为就像一面镜子,给人相形之下,云泥之别的感觉。薛一峰承认他被这种感觉打败了,那就是所有的掩饰都没法改变的事实——在夏语冰的眼里,他和纳蜜就是一堆行走的垃圾或粪便。这比横刀立马的争斗更厉害,更直指人心。其实每个都市人内心的终极理想都不是最富有,而是最体面。而这件事从头到尾终将审判他们的是自己的良心和良知,自我审判,夏语冰不愧是军人的后代,兵不血刃,玩的是诛心之战。

江风拂面,潮湿的空气仿佛能抓出一把水。这样的天气,夜跑并不轻松,双腿有莫名的滞重感。可是不运动一下,人更累。

气喘吁吁之间,薛一峰的脑海里浮现出一张熟悉的面孔。

这个人就是计处长计常田。老计在北京市的卫生系统工作,长了一张喜上眉梢的脸,大背头,更显得天庭开阔,眉眼周正,自带体恤他人疾苦的笑模样。事实上他的人缘也非常不错,能帮别人的时候绝不袖手看人家的笑话。口头禅是"多大点事"。薛一峰是在一次大型公益活动中认识他的,当时的活动盛况空前,他认识了好几个体制内的干部,后来都渐行渐远没了联系,只有和计处长始终关系良好。

原因是刚认识那会儿,计处长一个亲戚的孩子考上了中山大学,可是对录取他的系不满意,好像是交通运输工程设计之类的，计处长便委托薛一峰找关系给这个孩子换系，也就是换专业，自然是想换到抢手的金融经济管理学院。其实这种事并不好办，薛一峰最终也没有办成，但是他一趟趟跑学校，找关系，办得怎么样了都跟计处长有交代。而且最终成功地说服了这个孩子——目前热门的专业四年以后也会生死未卜，现在的专业也未必一无是处，最终这个孩子表示安心学习，等到读研究生的时候再做人生规划不迟。

通过这件事，计处长对薛一峰的印象很好，夸他巨靠谱。这以后若是在北京办事，薛一峰都会请计处长指点一二，毕竟人家也是京官，再芝麻绿豆教导两眼一抹黑的地方商业代表还是绰绰有余吧。

计处长不喜欢吃饭，他说吃饭费时费力没话找话，只说了一次薛一峰就记住了，再也不请计处长吃饭了。计处长是个健身狂魔，薛一峰就送给计处长一张带恒温游泳池的健身中心的黑金贵宾卡，不仅每年电脑远程帮他续卡，这几年还奉送每年八十节的私人教练课时，令计处长心满意足。

夜跑完毕，薛一峰回到家中，洗完澡已经九点多钟了。

他给计处长发了一条微信：我想跟附属二院胸外科的宫超大夫搭上关系。有事。

他也没打算计处长秒回，因为每个人有每个人的一摊事。如果计处长在健身房没空看微信也在情理之中。但是薛一峰相信计处长不会假装没看见不理会。

果然晚上十点多钟，薛一峰正百无聊赖地看电视，计处长的电话打过来了。

计处长也是开门见山："宫超可不好找，肯定是看病吧，是你自己家的人吗,或者是非常重要的人?"

薛一峰答道:"非常重要的人。"

"好吧,虽然我不认识他,但是我认识附属二院麻醉科的首席麻醉师,名字叫范本旭,技术特别棒,是明星麻醉师,据说在医院横着走,是附二院'大饭本'之一。他跟我是好基友,我们一块健身。"

薛一峰心想,是啊,只要是外科大夫谁又离得开麻醉师呢,看来这件事不算铁板一块,终于有所松动。想到这里,急忙先在电话里谢过计处长。

计处长说:"事情都还没办呢,谢什么谢,多大的事儿。"

最后又叮嘱了一句:"等我的信儿。"

薛一峰连说了两个"拜托",才把电话挂断。

虽然是休自己的年假,但是办公室里的业务工作也不能完全不管不顾。所以大壮离开之后,夏语冰一直在房间里处理各种积压的邮件,走时她交代过茉莉,公司业务上的事只管发送过来,她总有机会插空处理。

晚上又加了个班,半夜两点还能伸个懒腰如释重负实在让人欣慰。就连公司要炒人事部的一个人也要问语冰部门的意见,这难道也需要危机处理吗。据称是这个人知道公司许多底细,不得不防。那也只能请这个人到会议室谈话,办公室那边直接封存电脑,好在这个人自用的笔记本电脑也是公司发的,一并封存。

这个世界永远有冷酷的另一面。

第二天醒来已经是上午十点,夏语冰在洗漱间洗脸的时候,总算有空打量一下自己,面容憔悴自不必说,脸上干得起皮,摸起来像砂纸一样,鱼尾纹法令纹增加了一倍不止,细褶子和黑眼圈看得人触目惊心。

她本想叫个网约车,先到最近的五星级酒店喝杯咖啡,当然是磨豆那种,然后再做一个面部护理。

不过她马上打消了这个念头,大战在即,想什么呢。

同时还为自己的这个想法深感羞愧,这次邓小芬生病,于情于理于仁于义都应该出手相助,这都什么时候了,医院、大夫全都联系不上,办法除了黄牛以外一个都没有,还有工夫想那些有的没的。夏语冰忍不住对自己摇了摇头。

洗漱完毕之后,她走出旅馆,还是走进附近的小食店。因为总是光顾,人家都认识她这张脸了。店里没有什么人,早高峰已过,午高峰未来。两个服务员都是中年大妈,还都是北京人,穿着朴素但绝对见多识广。其中一位圆脸的大妈见到夏语冰,直接没表情地上了一份小米粥和一碟韭菜馅的锅贴,还不忘多嘴问了一句:

"怎么就你自己啊,他怎么没来?"

"他办事去了。"

"在北京办事可不容易。"话说得同情,语气里却透着优越。

语冰笑笑,低下头去吃饭。

另一位大妈有点龅牙,龅牙再加一颗虎牙就颇有喜感。她闲着无聊,一只手拿着苍蝇拍子,时不时还真打一下,一边搭话道:"嗯,在北京办事可真不容易,"她加了一个"真"字,眼神向下道,"您是哪来的啊?"

"广州。"语冰回道。

龅虎牙大妈想了想:"没去过,我就知道深圳。"

圆脸大妈接道:"我也知道深圳呢,不是有个老人在那画了个圈嘛。"

然后她们俩就聊起来了。一个说,怎么不在我们这儿画圈呢,如果能拆迁就好了,一家人分钱,然后各过各的。另一个说,想得美,哪有那么好的事,我一朋友,他们那一带画圈都十年了,还在等,条件根本谈不拢,只要有一个钉子户,全玩完。一个又说,现在的事真不好说,就像我们这个店,也到了装修的时辰了,各种掉墙皮、漏水、电线老化,老板也吃不准装不装。龅虎牙道,可不是嘛,你一装,它就画圈,你不装,下次沙尘暴房子就倒了。两个人冷面聊天,你一句我一句跟说相声似的,她们自己又不觉得,没一点笑模样。

语冰走出小食店,路过书报亭的时候,随手买了几本杂志和报纸,准备拿回房间解闷,说不定还能睡个回笼觉。大壮转眼就要背着邓小芬来北京了,养精蓄锐保持体力是目前最重要的事情。

她把报刊一卷,夹在腋下往旅馆方向走去。

这时,她隐隐感觉身后有些异样,下意识地转过头去,根本稀松平常:街道,行人,一切如故;书报亭前有人在买当天的报纸;有两个男人围在垃圾桶边上抽烟,其中一个人边抽边打手机,另一个人专注抽烟,偶尔往上吐烟,挺享受的样子。

语冰回过身来继续往前走,那种异样的感觉还在,坦白说就像一双眼睛在注视着她，目光也是光，温和而又固执。

她再一次转过身来，大步地走回书报亭。她看见他了——在上次放着吴亦凡封面杂志的地方，换上了另一本杂志，没错，封面上是沈随。他锲而不舍地看着她，目光沉静如水。他的变化并不大，只是老了，曾经细如绸缎的紧绷的皮肤变得略显粗粝沧桑。然而他还是他，白衬衣的第一粒扣子还是扣着，面目单纯，完全没有二十年的世纪风云。

心脏骤停了一秒钟。

夏语冰清楚地感觉到她不是老鹿撞怀，而是一阵头晕目眩。

凌乱。

两个男性年轻舞者在台上恣意纵情。灯光雪亮，一个梳着冲天炮的发髻，一个是顺势而挽的马尾，着装宽衣大袖，舞动起来所向披靡，像大海里的两扇灰帆，又像一波追逐一波的浪头，无尽悲欣。

这里是舞夜流金现代舞团的排练场，也是一座小礼堂。

杂志上说，沈随后来调到北京民族歌舞团，但是他始终钟情于现代舞，1998年他去了纽约，曾经获得业内的国际奖项，后来回国建团。

杂志上还有一个他和记者的对话，其中沈随说他在团里也只是做编导，其他譬如运营、演出、宣传、参赛等事项都另有人打理，所以他的生活一直简单纯粹。

他说，这次复排的舞蹈是《你我》，曾经在德国的编舞大赛中得过奖，复排是为了到台湾交流演出。

他还说，皮娜是用痛苦表达舞蹈，金星是用孤独。

那么你呢？记者这样问。

记者说，沈随迟疑了一下，还是说，我是用爱来表达舞蹈，高浓度的爱，其实一点点就够了，用于现代舞已经化不开了。

沈随还说，我在很年轻的时候，的确爱过一个女孩，时间非常短暂，那是一种不可能的爱，一日天堂十日地狱。可她还是在我的身体里、精神上，在我的舞蹈中潜伏下来，慢慢变成了心灵的勋章。

夏语冰走进小礼堂的时候，门可罗雀。

什么都没有改变，现代舞还是曲高和寡。不同的是时代变了，无论你是谁，也无论你有什么怪异的奇思妙想，都可以在北京找到知音。不得不承认，只有北京才是逐尽梦想的地方，因为它是北京。

只要有明亮的舞台，周围的一切都是黑暗的。

夏语冰坐在靠边上的倒数第二排，观众席零星地有个别组合，都是两三个人，不明身份，有人在用手机拍照。单独一个人坐的只有夏语冰。

沈随就坐在大约前四排的位置，虽然只是一个后背，但似乎也并不感觉陌生。

舒缓的音乐缠绵悱恻。

语冰一直以为沉睡的爱情会像晨光一样扑面而来，但是没有。哪怕是沈随上了舞台，他跟年轻的舞者阐述肢体语言的表达方式，听不到他们在说什么，但是从形体动作可以看出他们在讨论动作和情绪怎样完美合一。沈随也有起舞示范——他还是那个少年。动作准确而利落,连指尖都充满情感。可是她,却异常地冷静,可以打开记忆的大门,可以浮想联翩,可以将两个年轻的舞者看成当年的自己。可是爱,真的是没有了,语冰始知,爱情是每个人的限量版,是可以用完的。

跟周经纬没有关系,她也不觉得爱情必须排他。可能是人到中年,爱情便不再是彩云朝露,不再是琉璃翡翠,而是一饭一蔬,朝朝暮暮,是最日常的无声陪伴。

然而她还是从心底感谢他,在最好的年华相遇,他给了她高纯度的爱,翩若惊鸿,铭心刻骨。是人生的一支宝贵的抗体疫苗,她才可能在处理漫漫人生的情感危机时,没有那么多的哀怨和仇恨,无论是对周经纬,还是对梅和翠。甚至是对滕纳蜜,更多的也还是同情和怜悯。

一个女人,望夫石一般地守护着一份情感,那是文学。

一个女人,把初恋仅仅看作一个青春的标识,从此有能力去过朴素平实的日子,那是科学,因为多巴胺带来的反应是有期限的。

而且非常抱歉,她已经变得世俗功利了,她来找他的原因竟然是,沈随,他为什么会在这个时间节点出现,他认识超人吗?难道他是来拯救她的吗?

大壮回到青州以后有电话过来,说邓小芬虽然只是低烧,但是胸腔已经有积液了,挤压产生的胸闷令她只能坐靠在床上睡觉。大夫说还是要处理,抽出积液,观察之后才能到北京去。语冰嘱咐大壮,按照医生所说的行事。大壮说,明白。

所以她以为,最后一点点机缘出现了,否则沈随为什么会从天而降？

当然，语冰很快就失望了。

沈随走下台来，但还是站在台前说着什么，手势指指点点。他身边有一个女人递给他毛巾和保温杯，他只接过了毛巾擦汗。

那个女人是沈林。

他还是由姐姐照顾，他怎么可能认识超人，他还是他，没有油腻圆滑，没有发福懈怠，还是那个高居云端的人间舞者，是不可能给她任何一点市井小民所需要的帮助的。而她必须牢记使命，她到北京是来干什么的，不是观光游览，不是鸳梦重温，更不是来唱《楼台会》的。王大壮，邓小芬，美华，他们唯一的希望就是她。多少年过去，她已经变成了一个金戈铁马的女战士。将军决战岂止在战场。

音乐声骤起，波澜壮阔，荡气回肠，两位年轻的舞者也把他们心中涌动的激情推向高潮。观众席有人忍不住鼓掌叫好。

夏语冰起身默默地离开了那里。

走出现代舞团的大门时，她没有回头，她告别的是那个年轻的自己。

她搭网约车重新回到看腻了的快捷旅馆，连同北京的街景都让她厌烦。好在距离不是太远，但因塞车走走停停，下车时深灰色的暮光笼罩，让人不胜寂寥。她看到有个人站在旅馆的门口狂啃煎饼果子，足有一寸厚的煎饼果子一看就是加料款，厚厚一层鸡蛋，一层焦黄诱人的薄脆，数不清的葱花，香气四溢，把她都看得有点饿了。

四目相望,两个人都愣住了。

这个鼓着腮帮子,嘴角沾着油渣儿的人居然是薛一峰。

十六

洗碗池里挤满了脏碗,用过的碟子,沾满油腻的饭盒,油层发黄浑浊一看就是地沟油,是廉价小食店打包回来的食品。

纳蜜没有表情地扎上围裙,戴上橡胶手套,开始洗碗。

电视机的声音开得很大,好像是综艺节目,校花妈妈笑得嘎嘎响,一边还嗑着瓜子,好开心的样子,对纳蜜的到来熟视无睹。这里是母亲自己居住的家,日常生活就是这个样子,以往纳蜜给她找过钟点工,没有一个她喜欢的,而且说又花钱又多余,自己不想吃饭,喝瓶酸奶就行了,还要管钟点工的饭,不是有病吗?

剩下她自己,就过成这样,帮她拖一次地,来来回回都拖不干净,直到大汗淋漓,比健身一次还要辛苦。

校花妈妈说,那有什么,又没有人来,家本来就是可以打嗝放屁的地方。打扫成样品房,你想收拾给谁看啊。

有时候,纳蜜会无端端地想到,如果她的妈妈是夏语冰的妈妈,她的人生会怎样呢?她真的好喜欢夏语冰妈妈的高冷,而且是一个有品位有原则的人。小的时候,夏语冰的妈妈很少到学校来,偶尔来一次都会造成小型轰动,因为她看到假小子一样的夏语冰会微微皱起眉头，简直就是沉默的美丽。老师们对她也非常恭敬，她从来不啰唆，跟老师们交谈音量也很低很客气。她穿的衣服样式简单，布料考究，颜色纯净单一，身材好到没话说。女同学都喜欢跑到她身边去，是想感受那种淡淡的冷香味道。

她对纳蜜来说是女性审美的启蒙导师。

母亲住的是一套老式公寓楼房，对门的邻居是麻奶奶。麻奶奶姓麻，面部干净，是个讲究人，退休前在重点小学教毕业班，为人持重靠谱。纳蜜就委托她照看一下母亲，如果发生什么事就给自己打电话。前段时间，麻奶奶给纳蜜打电话，说，你妈妈好像有点不妥。纳蜜问怎么了。麻奶奶说，她最近有些亢奋，每天打扮得花枝招展，据她自己说都是网购的高仿名牌，每天都穿不一样的衣服，她说有人请她吃饭。

她又悄悄告诉麻奶奶，她失散多年的亲外孙找到了，总请她吃饭。麻奶奶说那怎么没见亲外孙到家里来看你啊。校花妈妈说，就是因为优秀，所以忙啊，哪有空啊。

麻奶奶说，我是担心她又给男人骗，所以打电话告诉你一声。

纳蜜谢过麻奶奶，心中无限懊悔的就是自己把小桑君的事告诉了母亲，明明知道她是戏精，可是当时实在无人可说，情绪到达一个爆炸点，就没忍住。现在好了，开始收拾残局吧。以前母亲过得还比较正常，现在不行，纳蜜已经连续三周的双休日抽空过来给她打扫卫生，做家务，带她出去吃饭。

母亲说，我就是高兴，不能老干家务活，一点情调都没有，我要把自己收拾得漂漂亮亮的，迎接我的亲外孙。

我就知道我这辈子不可能从头到尾都那么庸庸碌碌，都是马尾穿豆腐提不起来，我是谁啊，我原来是校花好吗，谁敢轻视我，我有那么好的外孙，不管他是跟谁长大的，反正都是我的亲外孙。你看他长得全是我和你爸的优点，像杨洋，做事情做得好，像马云。我扬眉吐气的日子来了。

母亲隔三岔五就要去吃饭的地方就是富田菊日料店，店里的墙上有一排年轻厨师的照片，四男三女，全穿着制服，双手环抱胸前挽个结，英气逼人。

小桑君排在第四位。

母亲坐在餐厅大堂里吃寿司，找到正对小桑君的位置，一边吃一边看，一边对着小桑君眯眯笑。

她还说，没准这孩子哪天就回来了，回来看我了。

纳蜜洗完了碗，吸尘、拖地，又把洗好的衣服从洗衣机里拿出来，到阳台去晾晒。

这时候校花妈妈开始打扮起来。她挑了一件闪光提花织锦面料的连衣裙，图案是蜻蜓伫立百合花上，蓝粉黄为主色用金线编排在一起，就是一种喧腾的感觉。再精良的高仿，也挡不住这种布料的化纤感，上身之后就是俗不可耐，而且还是半透明的，映出里面的黑吊带衬裙，显得既复杂又廉价。

口红更是红得惊心动魄。

纳蜜欲言又止，因为当这一切配合在一起时的高度和谐，会令人诚恳地接受，而不是批评。

母亲的审美品位滑落得如此迅猛，着实让纳蜜暗自吃惊。当年她在文化局工作的时候，以黑白系列为主，偶尔佩戴一个小饰品,比如一片叶子的胸针之类,非常端庄典雅,几乎就是文化局当年的形象大使。父亲出事以后,她忍受不了各种议论和目光。用现在的话说是裸辞离开了体面的岗位。

不过她这个人好像一辈子都不缺钱,总有朋友拉着她一起做生意,包括到北方去倒卖服装、墨镜、电子表,通过关系还做过木材、兔毛、锈石、纺织品等,应该说也挣过一点钱。但是母亲心心念念的还是想找到一个好男人,托付自己的后半生,同时荫福到纳蜜身上。女性主义者永远也不会理解,有一种女人是需要男人管理的,她们有可能像水一样恣意泛滥,内在的自我天生弱小。母亲就是这样的人,她学别人去烫了头发,父亲说不是你不能烫,而是你烫了并不好看。父亲走后,她又忍不住文了眉毛,挑染了几绺鸡冠红的头发,便再也没有人管她了。

她只有情绪,没有脑子,很容易轻信别人的话。

而她碰到的那些男人只想要她的姿色,并没有人想对她负责任。对于这一点她完全看不清楚,直到人老珠黄。他们送给她一件大衣或者一根项链,她会以为喜期将近,并不知道这是钱情两清互不亏欠的意思,所以总是欢天喜地地开始,无疾而终地结束。她也一直不明白,自己哪点不好。

看到母亲现在这个样子,纳蜜都不忍心埋怨她了。

纳蜜晾好被单,解下围裙。她看着收拾妥当的母亲,提了一只老花的路易·威登的包包,绝对真货,是当年纳蜜买给她的。不过此刻母亲背着倒像是只假包,奢侈品不仅挑人,也欺负人。脚上是一双松糕鞋,纳蜜多次说过她这鞋容易绊倒,又提醒她不是给她买过很贵的鞋子吗。母亲说平底鞋没有跟，穿着不精神。

但是纳蜜怀疑是母亲舍不得穿贵鞋。

纳蜜打量了一眼母亲，很想说，穿成这样真的好吗。可是话说出口的时候已经变成："妈，我们去吃葱爆海参好吗？"

"不，去富田菊吃地狱拉面。"母亲坚定地回应。

一连两天，早早预报了一遍又一遍的台风草草过场，暴雨始终没有如约而至。一大早，天阴沉沉的，气压很低，人闷得喘不上气来，天空仿佛悬挂在头顶触手可及。这种如大战、大考前的压抑只有生活在广东这边的人方能体会。

一上午都在开会、处理各种琐事。

吃完午饭，纳蜜想在办公室的沙发上睡一会儿。刚刚放好靠枕，手机就响了。电话是麻奶奶打过来的，她说，纳蜜，你妈妈好像有些不妥，她请两个和尚到家里念经，已经三天了，要不你还是回来看一看。现在的骗局好多，把生人带回家总是不太安全吧。

纳蜜当场原地爆炸。当然还是先好言谢过麻奶奶。

她叫网约车回母亲的家，害怕自己心烦意乱，变成出事的女司机。

网约车是黑色的别克，八成新。开车的司机是个中年男子，四平八稳的样子，话少，是不着急的性格。车也开得四平八稳，在不同的街道穿行。车里开了空调，温度适中，从车窗向外望去，依旧是低沉的天，犹如一口巨型的高压锅，把所有的人和景物罩在里面。

车里的音响放着李健的《风吹麦浪》。

纳蜜呆呆地看着窗外,突然非常想念父亲,他生前该有多寂寞,任何的心绪波动、烦恼苦闷是没有人可以说的,没有人接过他肩上哪怕是十分之一甚至百分之一的担子。没有。

如果他还活着,纳蜜肯定会经常回家,不是洗碗拖地,而是陪他多说说话。

即使这样的机会也没有了,纳蜜的眼角不觉有些湿润。看着不靠谱的两母女相依为命,爸爸的在天之灵也是寂寞的吧。

终于回到家中。

可能是念经的和尚刚刚离去,家里的地上还放着两个厚厚的圆形坐垫,空气里弥漫着檀香之气。母亲家里的画风秒变成佛堂,任何地方都打扫得干干净净,洗碗池里、洗衣篮里都空空如也,地板擦得锃亮。

她什么都能做,她只是要折磨她。

母亲穿了一件月白的立领棉质对襟唐装,讲究的琵琶扣。这样的装束搭配她的素颜,隐约尚可看出美人坯子的余韵。

她正在吃一个桶装方便面,抬起头道:"你吃了吗?"

纳蜜崩溃道:"妈,我们能不能不要活成一个笑话。"

"谁是笑话,我很可笑吗?"母亲茫然道,一脸无辜的样子尤其让纳蜜火大。

你难道还不可笑吗?纳蜜在心里回道。她真后悔自己因为一时的软弱向母亲吐露了真情,她明明知道她是一个情绪超级不稳定的人,怎么可能像普天下的母亲那样理解和温暖她,而只会制造一个又一个的麻烦。她是了解她的,可是身边就只有这一个垃圾桶。

尽管不是母女情深而是倒垃圾，纳蜜心里的小火苗还是一路上蹿，忍不住厉声道："你这是要干吗，听说你还要从西藏请一个密宗师父来家里同吃同住，你这是要干吗。"

"这你都知道了，知道也好，是准备这么做。"

"你到底要干吗？"

"就是消除你的孽障啊，我还能干吗，我这么一个清白的女人，我还不是为了你。"母亲理直气壮地回道，"家里出了恐怖分子，我也没办法，只能想尽一切办法消除孽障啊。"

纳蜜气得脸色煞白，一时无语，真是无法沟通的人啊！她空空的内心已经开始充满仇恨。这时母亲走过来认真端详着她的脸。"要有慧根，"她有些神秘地说道，"诵经可以加持福报，这样小桑君就会出现了，我们根本不需要知道他在哪里，佛祖会保佑他回到我们身边。"

纳蜜终于切齿道："我有什么孽障？"

校花妈妈一时无语，瞪大了眼睛，满脸写着那还用说吗。

纳蜜铁青着一张脸，压低嗓音道："你傻吗，你没脑子吗，你怎么就不想一想，如果我当年不这么做，那个被拐卖的孩子就是小桑君，就是那个后来叫王大壮的农民工。"

校花妈妈倒吸一口凉气，右手按住嘴唇半天没说出话来，房间里的空气仿佛凝固了。她又开始仔细端详着女儿。"滕纳蜜，"她轻声道，"你是真坏。"

"再坏也是你的女儿。"

"我怎么了，我做错了什么，我做了什么让你丢脸的事。"

室外传来轰鸣的雷声，像一头野兽躁动前的低吼。纳蜜第一次感受到雷声是这种动静，会令人心生恐惧。不过此时，她自己也变得人面兽心,因为已经被母亲折磨得崩溃了。她放慢语速,故意漫不经心道:"面子是别人给的,事是自己做的,谁也逃不掉,包括你,不是同谋也是帮凶。"

"我?"校花妈妈瞪大眼睛,倒吸了一口凉气,惊愕地看着纳蜜。

纳蜜悠悠回道:"如果当年你不是火燎屁股似的去找男人,老老实实在家陪我坐月子,帮我带孩子,就根本不会发生这样的事。"

话音未落,纳蜜感觉到左脸颊狠狠挨了一巴掌,一时间火辣辣的,生疼。

痛快,她正希望有人对她暴跳如雷。

良久,母亲对她说道:"你给我滚。"

雨,终于下来了,天地间水雾一片。夹着风的雨所向披靡,横扫一切。哗哗的雨声似乎有人敲着密集的手鼓。

走出家门的纳蜜没有带伞,一半的面颊是酒红色,灿若飞霞。

她走进雨里,她回不去了。雨点像子弹一样打在她的身上,也打在她的心里。人生不过如此,有钱没钱有爱没爱都千疮百孔。她微微扬起脸,雨滴在她的脸上破碎然后变成迷你型小溪滑落下来,她慢慢走着,嘴角挂着一丝嘲讽的笑意,有一种先驱英烈从容就义的坦然。

身边撑伞经过的路人,忍不住多看她一眼,颇为不解。

当然不解,纳蜜想道,但凡被任何一个人理解,那我就输了,如果我还有什么值得自豪的地方,这便是唯一。你们谁能理解一个贪污犯的女儿,一个生而有罪,罪无可赦的人,她内心中的那种卑微、苦涩和无尽的忍耐。

我也没有什么可改变的。

我天生就是一个破坏者,如果不把事情搞砸,搞得一团糟,那才是真正的生无可恋。

你们根本打动不了我。纳蜜心想。

薛一峰还把那张一百万的支票拿给她看。

一起给她看的还有周经纬言辞犀利的举报信,随时可以发到学校领导的手中,令她身败名裂,拱手让出令人垂涎的位置。但是夏语冰高风亮节,说了一句,不要这样做,只因她是小桑君的亲生母亲。此事才被按下不表。

可是那又怎样,你们打动不了我。

薛一峰是被彻底征服了,他说我们身上只有人性,但是语冰身上却有神性的光辉。哼,笑死人了,喜欢她就直说,何必绕这么大圈子。

而且人家有男神大爱,你算哪根葱啊?

没有关系,我还有我自己。

制造麻烦,不信因果。

我就是这样的人。

雨一直下,一直下。纳蜜呆呆地站在路边,全身上下淋得透湿。这时奇迹发生了,居然有一辆出租车默默地停在她的身边。

她上了车,司机问她去哪儿,她说了自己住所的地址。

司机慢慢地发动丰田雷凌汽车,小心翼翼道:"你不是被骗了吧,要去公安局报案吗?"纳蜜只回了一句:"好少见你这么年轻的出租车司机。"司机道："我是九〇后，特别喜欢开车就做了这一行。"过了一会儿，又补充道："你们这样的年纪，手里又有钱，最容易被骗了。"纳蜜没有作声。

此后他们再也没有说话。

回到家中，纳蜜洗澡，换上干净衣服，情绪也慢慢平静下来。

黄昏时分，雨早已经停了，天边露出晴朗的霞蔚。然而最终都挡不住暮色四合的黯淡降临，家里显得空荡荡的，一种无边的孤独感向她袭来。

纳蜜坐在客厅的沙发上，可以看到室外的万家灯火正陆续点燃。房间里面的墙上，曾经挂佛蒙特风光的摄影图片已经换了下来，同样的位置，挂着她与小桑君的一张合影，是薛一峰在南沙湿地给她和儿子拍的。尽管两个人的神情中规中矩，而且保持距离，但是脸上都洋溢着亲切自然，如沐春风般的微笑。

她想了又想才拿起手机，给薛一峰发了一条信息：

在哪里？

北京。薛一峰几乎是秒回。

隔了一会儿，薛一峰发过来一条：有事吗。

没事。轮到她秒回。

半天没有动静，然而最终他还是发过来一个问号。

于是纳蜜回了一条信息：我又跟我妈妈吵架了。

薛一峰回道：不是我说你，你的脾气真的要改一改了。

纳蜜没有再回复这条短信，但是忍不住号啕大哭，足有一分多钟。她是谁啊，居然认怂，居然向薛一峰寻求安慰，破了女汉子的金刚不坏之身。

她不是一秒就可以完成切换模式的刀锋战士吗？

丧透了。

第二天早上，纳蜜已经心如止水。她起床准备上班。昨晚没有睡好，镜子里呈现出来的面部微微有些浮肿，她用冻毛巾冷敷了一会儿，又抹了一层薄薄的粉底，才显得气色尚可。早餐喝了一杯新西兰进口鲜奶，吃了一个鸡蛋，就无论如何吃不下任何一样东西了。她把洗好的苹果放进手提包。

心里有多平静呢？开车上班的路上，她想起昨天夜里的雨声，再教育基地后花园新种的一片葱兰应该开花了。

她停好车跑过去看，还真是，一片黑油油的墨绿中，开满了一朵一朵的白花。葱兰的肢体跟葱一模一样，只是头上顶着形态如小喇叭一样的花朵，看上去宛如正在吹奏伟大的音乐作品，神态十分专注、挺拔。

葱兰饱含露珠一尘不染的花瓣让纳蜜想起了一个少年。如今他在哪里呢？密宗真的管用吗？毫无提防地，纳蜜的心里又起了波澜。

她逃跑似的离开了后花园。

经过千辛万苦，终于可以坐到门诊大楼五楼走廊的长椅上了。

尽管候诊区已经不小了，但还是人满为患。顺延至走廊上的人很多，病人、陪人、闲杂人等，拖儿带女，扶老携幼，总之医院就像白色的农贸市场，永远都是乱哄哄的。

即使如此，还是有人见缝插针在人群中穿梭，发放医疗小广告。

真是打不死的小强啊。语冰心想。

走廊靠里面有一间诊室，据称是宫超的工作室，房门紧闭。

接下来是漫长的等待。

从早上八点到现在的十一点五分。尽管如此，语冰还是从心里感谢薛一峰，并且承认他比自己想象的能干、细心，或者说他也有质朴的一面。首先他解决了她和大壮的住宿问题，先把他们接到了附属二院旁边某大学的招待所里，加上后来的邓小芬和美华也一并住下。一共开了三间房，邓小芬和大壮、美华住三人间，语冰和薛一峰各一间。

招待所条件一般，但是至少没有外面的旅馆那么乱，而且登记了半天并没有多出过一间空房，因为来此住宿的大多是附属二院的病人家属，他们哪怕是离开几天也不会退房，怕的是转过身来便无房可租了。学校招待所必须有关系才住得进去，而薛一峰总会有一些末梢关系临危受命。

当然最主要的是他辗转搭上了附属二院的关系。医疗资源的稀缺和宝贵，当它显现出来的时候便是冰山压顶，令人胆寒。是薛一峰令他们有幸坐在了超人工作室的门口。

还是等待。

邓小芬已经有些坚持不住了，她靠坐在大壮的身边，大壮几乎是抱着她，她闭着眼睛靠在大壮的肩膀上，大壮握住她的手，没有表情地目视前方。美华在另一边紧挨着母亲坐着，脸上总挂着一点点惊慌失措的神情。

夏语冰和薛一峰没有位置可坐，只能靠墙边站着。

还有十分钟就十二点了,语冰已经在心里放弃,估计只能下午再来了。无可厚非,工作室里有人出面解释过,宫超在手术台上下不来。

不过绝处逢生,在北京的每一天你都不知道下一秒会发生什么。正在此时,工作室的门突然打开了。宫超有两个助手,都是不苟言笑的瘦高女性,先按照名字收病历。语冰急忙把病历和胸片递了上去。随后,她看见工作室里分内外两间,外间陈设简单,主要是办公桌和文件柜,靠墙还有一张三人座的木质沙发。两位女助手麻利地在外间把病历分类,整理妥当。

这时候宫超就出现了,都不知道他是从哪个方向走过来的,仿佛从天而降。他个子不高,身材标准适中,在医院这种苦大仇深的环境里,竟然显得眉清目秀,温润如玉,倒有几分像民谣歌手。

一转眼的工夫,不等语冰反应过来,宫超工作室的门口已经挤满了人。

语冰是第三个被叫进诊室里的人。他们被让进里间,除了打横摆放的一张办公桌外,还有一张诊床,邓小芬被扶到床上躺下。语冰则坐在桌子靠外的一侧,她的正对面就是超人,桌子上是邓小芬的病历和装胸片的袋子。其中的一个女助理俯下身去跟超人耳语了两句,宫超下意识地多看了语冰一眼。

估计他已经知道她是"大饭本"介绍来的。

并没有多余的话,宫超起身看病人,并且拉上了诊床外的白帘子。

隔了一会儿,他走了出来,在洗手池前洗手,对女助理说了一句:"住院做术前检查吧。"

女助理道:"胸外科没有床位。"

宫超道:"什么时候才有?"

女助理道:"三天以后。"停了一会儿又对着夏语冰说道:"如果今天入住,走廊上还有一张加床。"

语冰下意识地抢答道:"我们就住走廊上的加床。"

宫超没有说话,低下头去开了住院单。

夏语冰内心一阵狂喜,和薛一峰对视了一眼。两个人都面无表情,但同时眼睛里都生出了一线生机。

如果不是进京看病,语冰从未如此深切地感受到这是一个抢夺稀缺资源的时代,这是一个没有硝烟的战场。一切都是按部就班,不动声色,一切都看似有条不紊,漫不经心,然而,温情背后是奋不顾身的抢夺,没有任何谦让和悲悯,生命的排序只是各种偶然的瞬间组成。

出了超人的工作室,薛一峰对语冰道:"你们先回招待所休息,我去办理住院手续,下午就可以住院了。"

语冰点头,她知道办住院手续也是非常烦琐的,要排各种队。

但是没有办法,邓小芬必须躺下休息。语冰把邓小芬的病历加上身份证等资料交到薛一峰手上,然后她带着美华和背着邓小芬的王大壮向电梯间走去。一边叫住已走出几米开外的薛一峰,向他做了一个吃饭的手势,意思是自己会去买饭,待会儿过来一起吃。薛一峰点头进了楼梯间,因为电梯门口等了一大堆人。

语冰他们也只能在电梯间门口等待。这时她才想到，刚才她叫住薛一峰的时候，她说喂，经纬，然后冲他做了个吃饭的手势。

她无意间把薛一峰叫成了周经纬。

脑袋已经醒了，但是身体一直在沉睡，沉睡。

整个身体是软的，动弹不得。一片模糊之中有颗小脑袋在晃动，语冰努力地睁开眼睛，看到的是茉莉向上卷的眼睫毛。

"这是在哪里？"语冰声音微弱。

"齐齐哈尔。"

"哦，我睡了多久？"

"从昨晚九点到现在。"

"现在几点了？"

"下午四点。"

"为什么不叫我？"

"叫了你两次，第二次你都坐起来了我才走的。"

"哦，不好意思。"

人都是慢慢清醒的。直到这时，夏语冰才恢复记忆。前天晚上，她接到茉莉的电话，齐齐哈尔的经销商十万火急地速报，当地惊现语冰公司产品的假货，不仅量大，而且仿制精良，连防伪标签都一模一样，教科书似的以假乱真。据称现在的仿真技术已经登峰造极，造假者分解产品到不可分解的地步，然后将这些拆散的零部件逐一寻找进货来源，利用大数据全部可以找到源头，然后生产组装。这样的产品挤掉了品牌价值的利润，令原创公司束手无策。

此事必须即刻着手处理。

当天晚上，处理完医院那头的事，其实也没有什么重大的事，只是邓小芬住在走廊加床上还是有诸多不便，但是也没有办法，怎么可能再等三天，不见得会有生命危险，但谁知道又会有什么意外情况导致邓小芬没法手术。或者又有别人插进来也不是没有可能，他们不就是横插进来的吗？

美华和大壮留在那里负责轮流陪床。语冰嘱咐他们走廊上的窗户不能打开，因为穿堂风对于体质虚弱的病人来说就是刀子，病人感冒了那是没法手术的。两个人看着她一个劲地点头。

语冰准备回到招待所后，直接去找薛一峰，叫他在这里顶两天班，以防有什么事情发生，大壮和美华没主意，而她想利用邓小芬术前检查这两天，飞到齐齐哈尔解决公司发生的紧急事件。

薛一峰的房间没有人，语冰径自去了楼后的院子，果然看见薛一峰站在那里抽烟。这时天已经黑了，暗淡的路灯下只有他的轮廓，手里的烟头一闪一闪的。

语冰走了过去，接过他递上来的烟，点燃后吸了一口。

然后说明了来意。

薛一峰道："好吧，我先在这边盯着，你回来以后我就得回广州了，那边也是一摊事。本来我明天就想走的。"

两个人商量完这件事，语冰转身准备离开。

"喂，我说……"

身后的薛一峰，仿佛是叫住她的意思。

她重新转过身来。

这时，薛一峰欲言又止，不过还是有点艰难地说道："语冰，谢谢你啊。"

语冰没有说话，有点不解地看着他。

"我说的是，"看得出来他在努力措辞，隔了片刻才小心道，"总之感谢你没有让纳蜜身败名裂。我知道能这么做是非常不容易的。"

真不愧是薛政府，说起话来字斟句酌。语冰想了想，方明白薛一峰是指周经纬写的案件陈述，是的，是她压下了这封足以毁灭滕纳蜜的举报信，但是这并不代表她要跟罪恶和解。

"你不要搞错，我不是为她，我是为我自己。"语冰冷冷回道。

薛一峰低声道："我知道，但也有不杀之恩啊。"

"总之我们所做的一切都是为了自己。"她实在不想多说什么了。

"那我也要替纳蜜谢谢你。"

语冰沉吟片刻，才淡淡道："但是我永远也不会原谅她。"

空气陡然间稀薄了，曾经似乎建立起的一点点温情瞬间熄灭，了无痕迹。薛一峰低着头无言以对。语冰又加了一句："还有你，我是不会原谅你们的。"

语冰转身离去，即使在黑暗之中，她的目光仍如划破夜空的利剑一般冷酷锐利。随之而来的是内心的无比坚定——永不和解，也是一种人生。

永不。

第二天，夏语冰坐早班飞机来到齐齐哈尔。茉莉提前一天到的，接机的时候愣了片刻才道，姐，成进京上访人员了啊。语冰摸了摸粗糙的脸颊没有说话。茉莉道，天塌下来也先去理发馆。

洗头剪头之后，语冰的确感觉清爽了不少。

两个人迅速地跟经销商会合，一起到公安局经济侦查科报案，又跑了工商局、消费者协会，总之相关的部门狂扫一圈。

当天晚上就累趴了，连同在北京这段时间的操劳。

晚上茉莉在酒店的房间里给语冰敷面膜，只有年轻人出差才会带着这些东西吧。她听到的最后一句话是茉莉在说，我的天啊，面膜不到三分钟就给吸干了。她本想回应一句，但是脑袋已经渐渐失去意识。

然后轰然睡去，天昏地暗。

终于，夏语冰从床上坐了起来，盘着腿发怔。茉莉站在床边告诉她，经销商已经过来了，坐在大堂等她们，一是还要聊善后工作的细节，二是为了表示对总公司的感谢，要开车带她们到乡下去吃一顿农家乐。

茉莉到楼下大堂陪经销商去了，语冰起来洗漱。

全身仍旧软绵绵的，真想再睡一会儿。语冰在水池前捧着水洗脸，她拍了拍脸颊希望自己尽快清醒。这次到齐齐哈尔与其说是来危机处理，不如说专门是来睡还魂觉的。她想。

穿戴完毕，又涂了一点茉莉化妆袋里的素颜霜。

准备下楼的时候，她的手机响了。是大壮打过来的，这令语冰稍感意外。的确，在北京的这段时间，两个人的关系得到了极大的改善，尤其是遇到什么事的时候，大壮会情不自禁地望着她，眼光里充满信任。但是也就是这样而已，他不会单独对语冰有任何表示，语冰的内心深处到底期待什么表示呢，她自己也没想清楚，主要是原本他们之间的界限就太深刻了，也就不可能突然变得亲近。

语冰打开手机。"喂，是大壮吗？"她说。然而对方却半天没有声音，她急忙喊了两声："大壮，大壮，听得见吗？"

隔了好一会儿才听到大壮的声音，那声音仿佛是从深井里发出的："夏婶，我妈妈她快不行了……"他说不下去了，明显带着哭腔。语冰当场给惊到了，连问到底是什么情况，大壮完全答不出来。

语冰忙道："薛叔叔在旁边吗？"

等了足有一分钟，薛一峰总算接过了电话。他告诉语冰，他刚从医生办公室回来，邓小芬的情况的确不太好，进了重症监护室，主要还是心肺方面的问题，昨天半夜里发生窒息性休克。幸亏大壮发现得及时，赶紧跑到护士站叫人，才没出大事。但是大壮是给吓住了。

不过目前邓小芬暂时没有生命危险，所以他就没给语冰打电话。

夏语冰一屁股坐在商务套房客厅的沙发上，长出了一口气。

当天晚上，语冰还是赶回了北京，哪里有心情吃什么农家乐。她坐经销商的车子直奔机场，留下茉莉一个人善后。

飞机在首都机场降落时，天已经全黑了。

进城又是例牌的塞车。

她直接去了医院，重症监护室早就过了探视时间，所以并没有见到邓小芬。但是她问了值班护士，说情况还比较稳定，暂时放下心来。想到这两天因为住在走廊加床怕感冒，邓小芬床铺的打扫只能马马虎虎，床单被套都没换过，趁此机会可以彻底清扫一下。

来到胸外科普通病房的走廊，语冰一眼看见大壮孤零零地坐在空荡荡的加床上。时间还不算太晚，所以走廊上的病人、陪人、护工、医护人员川流不息各自繁忙，并没有人注意到他的存在。语冰走了过去。

见到语冰，大壮的眼泪大颗大颗地掉下来，仿佛他第二次被扔在大街上，他完全不知道何去何从。

语冰突然鼻子发酸，她也不知道自己为什么会这么想，也许此刻大壮的六神无主无形中还原了年少时他的内心创伤。语冰心里难过极了，她极有冲动不顾一切地抱住大壮，让他把头倚在自己的怀里。其实这也不是什么冲动而是一种本能。当然，她没有这么做。

作为母亲，她不允许自己温情泛滥，而大壮缺的恰恰是现代思维的影响和教育。所以语冰嘴上并无伤感，甚至有点无情道："你不要哭，你是男孩子。"她望着大壮的眼睛继续说道："永远要记住，眼泪解决不了任何问题。"

大壮的眼泪像听到指令一样，止住了。

但是他小声说道："我是害怕再也见不到我妈了。"

"那是绝对不可能的。"语冰的语气坚定到凛冽，"我们一定能把她救回来。"她说，面色如铁。就连大壮都忍不住抬起头来看着她，泪眼中重新燃起希望。然而只有她自己知道，她心里根本没底，她不知道还会发生什么事，两条小腿肚子不受控制地直打哆嗦。重症监护室就是鬼门关啊，这还没手术呢。一丝不祥的预兆在她心头升起。

语冰去护士站拿来干净的床单被套，两个人一起换好之后，又把床头柜擦了一遍，一切杂物都整理好，换下来的内衣裤卷回招待所清洗。

一起走回招待所的路上，两个人都没有说话。

默默地走了一会儿，语冰才想起来问道："你吃饭了吗？"

大壮没有作声，语冰便知道他肯定是没吃晚饭，而她自己也没有吃什么，尽管心事重重并不感觉饿，还是需要找一家饭馆。然而这个时间点还在开门营业的餐厅也只能属于深夜食堂一类，而且这条医院通往招待所的路上，能选择的餐馆也十分有限。他们进了一家小饭馆，没有什么客人。

门口的招牌是烩面和驴肉火烧，但是语冰点了一份砂锅炖菜，里面有青菜、粉条和豆腐，汤汤水水的看着比较有食欲，又要了一碟酱肘子和一盘凉拌西红柿。大壮也是真的饿了，就着一碗白米饭，大口大口地吃起来。

语冰下意识地看着大壮，心中升起无限深情。

她好想伸出手去，摸摸大壮的头。

最终，她抬起胳膊，把自己滑落下来的一绺头发挂到耳后。

第二天邓小芬被推出了重症监护室，回到普通病房，也就是走廊的加床上。见到夏语冰,尽管身体还非常虚弱,她很想说点什么,语冰心想肯定是一些感谢的话。此前邓小芬就是这样,每次见到她都是先叹一口气,或者说一句花钱如流水。不过也是,自打医改以后,连中产阶级都不敢生病,病人除了病,还多一重犯罪感。邓小芬就更是满脸抱歉的神情。

语冰在床前的椅子上坐下,将一只手悄悄伸进被子里,握住邓小芬的一只手。看着她不再说话。

昨晚语冰匆匆赶到医院时,第一时间其实是跑到收费处。得知邓小芬进重症监护室的当天,薛一峰已经过来押了一张二十万元的支票。

刚才,邓小芬还没被推回来的当口,护士已经把账单送了过来,这并不出奇,每个病人每天都有账单。但是重症监护室的账单还是把语冰镇住了,先是密密麻麻一般人看不懂的专业名词,进一步展开,打印的单据一下子就拖到了地上,有的一针药剂就两万元。

语冰没有表情地把账单塞到自己的手提包里,一边对站在旁边发呆的王大壮道:"以后不要让你妈妈看到账单。"

大壮嗯了一声。

这时一位护士走过来,跟语冰耳语了几句,她被请到宫超的办公室。

宫超大夫虽然面目温和,但是他的谈事风格跟手术刀一样锋利无情,没有一句客套话,也没有过程,直接讲结果。

他说:"邓小芬术前深度检查的报告全部出来了,她目前最大的问题是,一、她的心脏残留物的位置不好,几乎是在最危险区域。二、她的身体状况不佳，属于长期营养不良，扛不住这么大的手术。三、本来她手术的成功率就只有百分之四十，又因为心肺功能障碍进了ICU，手术成功率还在下降，也就百分之三十出头吧。"

语冰当场傻眼，脱口而出道："如果我一定要让她手术呢？"

"死亡。第一种可能性就是下不了手术台，而且是要签生死契约的。"

"第二种呢？"

"第二种是打营养针，建立起身体体能的基本机制。"

"那就先打营养针，再决定做不做手术。"

"你还是跟她的家属商量一下吧，打营养针的费用并不亚于手术费用。"

"不用商量，宫大夫，先打营养针吧。"

也许宫超大夫也极少碰到这么果断的病人家属，所以他的神情是略感意外，但是他的回答仍旧是简单的一个字："好。"

没有人说话，包括所有的人。

薛一峰看着地板，语冰感觉到美华和大壮都看着自己，但是她自己也看着地板，好像地板能开花似的。

虽说是在宫超大夫面前说了豪气的话，然而事关生死，怎么可能不跟全家人商量。而且夏语冰也不是没有私心的，如果邓小芬死在她的手上，无论她付出过什么，她都将最终失去自己的亲生儿子。

人的情感系统有时候简单粗暴得可怕。

中午,邓小芬睡下以后,语冰召集所有人在走廊边上的楼梯间开会。胸外科在九楼,一般人都是乘电梯,楼梯间几乎无人进出。大壮和美华就并排坐在一阶楼梯上,薛一峰靠墙站着,语冰站在他对面,腰靠在楼梯扶手的拐弯处。薛一峰也不敢拿主意,中年人最怕听"负责任"这三个字。

语冰看了看手表,三点零三分。两个小时过去了。

什么结果也没有。

百分之三十几的手术成功率,实在是太低了,叫人根本没法下决心。

"美华,你去看一下你妈妈,看醒了没有,要不要喝水。"语冰说道。

不等美华回话,大壮已经从楼梯上站了起来:"我去。"他一边说着,一边推开了楼梯间的门,走了出去。

隔了一会儿,大壮回来对大家说道:"妈叫你们全都过去。"

这样四个人又重新走回走廊加床边,一边两个人围站在邓小芬的病床边。由于打了两天的营养针,邓小芬的气色明显比原先好了,虽不至于面颊红润,但已经不是浮肿、蜡黄、有气无力。

邓小芬半坐在病床上,声音里还没有中气,只是低沉而平静。

"你们就别合计了,我手术的事,就听你们夏婶的。她有见识,有担当,就听她的。只是有一样,万一出了什么问题,你们都不要跟她闹,跟她要人,那样不公平。"说完之后,她便看着夏语冰。

大伙也都看着语冰，语冰又能怎样，只好点点头。

邓小芬又道："美华，到时你告诉大锤，不能分家，还有你爸呢，你们要跟着他好好过。"

美华的眼泪掉下来："我要给大锤打电话，叫他带爸到北京来。"

"北京是你想来就来的地方吗，要吃要住都是钱……而且这么多人来干吗，赶集吗，还是等着我走。家里有猪有鸡有庄稼，都不管了吗。来北京，你说得轻巧。"邓小芬这样说着，没有人敢插嘴，谁敢说现在还不用交代后事。

"大壮，你就跟着夏婶过。"邓小芬语气坚决，不是商量是决定。紧接着又补充了一句："你不要再开大货了，你跟着你妈学本事。"

大壮不说话，眼泪唰唰唰地掉下来。

邓小芬看都没看他一眼。

十七

"请问你是周文芳的家属吗？"电话的那一头传来一个柔软的女声。

看到这个陌生的座机号码，纳蜜本能地按下拒接键。不过这个电话马上又打过来了，听到这个声音，纳蜜感觉不像是诈骗电话。

周文芳,这个名字怎么这么熟悉啊?

纳蜜一边思索,一边答应,一边问道:"请问有什么事吗?"

电话是妇女儿童医疗中心打过来的,因为周文芳在一个叫富田菊的餐厅吃饭,但是在餐厅不慎摔了一跤。餐厅拨打了120急救电话,急救车就把她送到了离餐厅最近的妇幼医院。

纳蜜这时候已经完全清醒了,周文芳就是自己的校花妈妈。

妇幼医院也是非常正规的政府管辖内的医院。

她想象了一下母亲现在的样子:腿部骨折被架得老高,都说了她这把年纪穿松糕鞋肯定会摔倒,而且给她买了名牌限量版的鞋子,不穿,有什么办法,人老了就是固执地守着自己的缺点。

身上必定有几道管子,输液什么的。医院不把人五花大绑那还叫医院吗。

所以,纳蜜居然不着急,还给吴檀签了两张财务报表,甚至闲聊了几句,因为吴檀过来找她签字,嘴角一直上扬。

"你笑什么?"她说。

吴檀干脆笑出了声,道:"昨晚少武的老婆跟他操菜刀,追到大街上要劈他。"

"好像你看见了似的。"

"是他自己说的,就刚才。"

"为什么啊?"

"他在微信里跟车模玩亲亲呗。"

"找死。"

"就是。"吴檀轻描淡写地回了一句,又道,"你说男人怎么都喜欢模特啊,前无阳台后无场院,就一块搓衣板,有什么好摸的。"她一边说,一边还微微挺胸提臀,自我打量了一下。

纳蜜笑道:"就你好摸。"

吴檀叹道:"好摸有什么用,他又满足不了我。"

纳蜜心想,有还不够,你饱汉子不知饿汉子饥。嘴上却道:"你啊,别身在福中不知福了。"

吴檀笑道:"过两天我准备托人买两个镶钻的跳蛋,摆着也漂亮。"

"什么,你还摆出来啊?"

"放主卧浴缸旁边啊,我送你一个,你要什么颜色的?"

"是施华洛世奇吗?"

"说是,谁知道真假。"

"当然是假的。"

"不过图片很漂亮。"

"紫色。"

"嗯,不过你都不闷的吗?"

两个人扯些有的没的,直到吴檀拿着文件夹离开,纳蜜才收拾好提包,叫了网约车去妇幼医院。通常这样的地方完全没有停车位。

不过到了医院之后,她有点傻眼。

一切都不是想象的样子。

母亲安静地躺在一间单人病房里,病房门上的标识是观察室,她平躺在病床上,双目紧闭,面色温和,身上只有一条输液管道。素白的衬托给人的感觉就像一幅画。大夫说她是被餐厅的人送来的,当时她一个人在餐厅吃午饭。她是常客,每次都是吃定食,也就是套餐,然后礼貌地付费、告辞。今天是临走时一脚踩空了,整个人向后倒去,重重地摔在地上,当场就昏过去了。因为她的生命体征还好,所以还不用进重症监护室,先观察一下,如果病人苏醒了当然最好,否则就要照脑部的CT,做进一步的检查。

纳蜜给母亲办理了住院手续,然后到医院附近的小超市买生活用品,母亲被紧急送来,什么都没带,只能现买。小超市里的东西还算齐全,主打商品是包装光鲜的果篮、补品等,放在最显眼的位置。越过这些门面产品,纳蜜走到里面,买了脸盆、牙膏、牙刷、杯子、毛巾、纸内裤等生活用品。

回到病房的第一件事,就是拿出新买的一双平底便鞋,样子是有点土啦,圆圆的头,还是仿皮,不过软软的还过得去。然后即刻把母亲的松糕鞋扔到清洁室里的垃圾桶,这样才能踏实地干其他事情。

纳蜜打了一盆清水回到病房。小超市没有卸妆膏卖,她只好买了强生的婴儿润肤露,以前她贫穷的时候都是用这支淡粉色的塑料樽卸妆。后来她用上了顶级护肤产品,老实说也没觉得好到哪里去,但是当然必须还是用好的,最差也要植村秀吧,那才叫脱胎换骨对不对。她用毛巾按湿母亲的脸,开始用润肤露给她卸妆。润肤露也是淡粉色的,她挤在手掌心,点在母亲脸上的各个部位,然后用手指肚在母亲的脸上打圈圈。粉底打得够厚,用纸巾一擦,全部是肉色的粉底物,包括黑色的眼线液。清理了两轮，面部才渐渐洁净。

母亲到底是美人坯子，即使这么瞎折腾，脸上的皮肤虽然有皱纹，有斑，但还是细致的，柔软的。

也只有在这样的时刻，纳蜜的内心才会涌现出一丝怜意，或者是愧疚。

她想等母亲病好了，就带她到六榕寺的大雄宝殿做一场盛大的法事，请寺里全部的僧人诵经。那种排山倒海的力量她曾经领略过，非常震撼。总之只要母亲开心就好。

纳蜜心想，就当是给自己做了一回驱魔人吧。

只给母亲轻轻拍了一层爽肤水。清洗了毛巾，晾好。

纳蜜一口气给母亲请了两名护工，叫她们轮流守护昏迷中的母亲。

在观察室里交代完各种事项，包括给母亲擦澡、按摩、侧翻身体、输液换瓶之类琐碎的护理工作，纳蜜又折回护士站，跟帮助她找护工的护士长道别。护士长比想象中年轻许多，吊梢眼，嗓音反而有些低沉。

"护工都是熟手，你完全可以放心。"她说。

纳蜜谢过护士长，又说自己还要回单位，晚上再过来。

护士长也是常规客套，笑得很浅，不过对她还是另眼相看的热情，满脸写着有钱真好。

"还有什么需要尽管找我。"她又说。

演唱靡靡之音的歌手，不仅需要一种懒洋洋的漫不经心，还要有一点淡定的荡妇情怀，这样的嗓音听上去才够味。

茶歇的时候，茉莉放的是白光的《如果没有你》。

白光的歌并不是好听,而是正宗。

语冰从北京回来已经有两个礼拜了,还是感觉大班椅是意想不到的绵软舒服,以前真的没有这种感觉。她点燃了一支烟,背对着大班台,眼前的落地窗外便是一成不变的珠江,还是那么从容不迫。然后她喝了一口拿铁,咖啡的香气在口腔里低回,令她仍旧有一种重生之感。

按理说她是重回了自己的生活轨迹,除了繁忙的工作,恢复了瑜伽、女朋友的英式下午茶、美容美发、全身按摩等,然而脑海里总是会不时地闪现出在北京的日日夜夜。

人最害怕什么,不是风险而是重托。

当天晚上,也就是邓小芬把生杀大权委托给她的那个晚上,她一个人在招待所的院子里抽烟。王大壮像影子一样跟着她,包括她上洗手间,他也要在门外等着她,仿佛一刻不见她就会消失一样,但是两个人没有说一句话。

此后,她又想了整整一天一夜,还是决定邓小芬必须手术,一是她的身体经过治疗复原得比想象中快,二是她也没有退路了,如果不手术,下次再出现心肺障碍、休克等问题就是死路一条。

更重要的是夏语冰战胜了自己的杂念。

她觉得自己考虑得太多了,太多的私情会影响人的判断。

邓小芬的手术做了将近八个半小时,据说宫超大夫最后累倒在地上,手术服都没脱就一个大字躺下了,缝合刀口等工作都是由其他助手大夫做的。手术室的护士还说,宫超上了手术台就像换了一个人,非常凶恶,递器械的护士如果递错了手术刀或者止血钳的大小型号,他会秒扔在地板上,并用鹰一样的眼睛瞪着你,所以跟他的手术必须打醒十二分精神。"大饭本"就还好,他专注但是不流露情绪,病人的血压都测不到了,他也是用平声下达指令。

更多的人还是在负重前行吧。

就在邓小芬被推出手术室的那一刻,夏语冰几乎放声痛哭,当然她没有,并且竭力控制住自己的情绪,把嘴唇抿成了一条直线。然而毕竟在邓小芬给她写下委托书后,邓小芬的手术同意书是她签的字,六份。因为美华和大壮都害怕,也完全看不懂这一类的文件,所以全权委托给夏语冰。语冰也明白这是格式化合同,但是在"死亡"二字反复出现时,人也是崩溃的。

她签了字,双手冰凉,脑袋空白,内心一阵阵颤抖不止。

术后的邓小芬肯定不能睡在走廊上,她被安置在术后病房,虽然不是重症监护室,但是也有一般的抢救设备。一间四个床位,用伸缩的厚布帘相隔。

邓小芬还在麻醉中未醒,但是生命体征正常。

美华和大壮都守在她的身边。薛一峰则跑到室外抽烟去了。

虽说是松了一口气,语冰还是觉得胸口又胀又闷,她去了走廊上的卫生间,选了一格,插上门,伴着一阵阵难闻的味道,也就是来苏儿和排泄物混杂在一起的特殊气味,掩面而泣。

她太害怕了,怕手术期间大夫们突然全部出现在她面前,集体鞠躬致歉。这样的噩梦她做过不止一次。

这个世界哪有什么女强人啊,全靠硬着头皮撑住。

当天晚上，语冰披着夜色，一个人去了三里屯。她只知道那边是酒吧一条街，她太需要喝一杯了，不声不响安安静静地喝一杯，向自己致敬。本来想问一下网约车司机有没有熟悉的酒吧介绍，但那个中年司机一脸木讷的样子，就是那种下了班会提着两大袋卷纸回家的男人。还是算了吧。

她随机走进一家名字叫"丽"的酒吧，可能是门廊色沉仿旧的原因。

酒吧里面装饰成中世纪时期的欧洲风格，灰色的石壁充满复古基调。塞尚油画、红色绒帘形成高低错落的布置，与满墙的威士忌相映生辉。

恰到好处的古典背景音乐令人宾至如归。

灯光也不错，朦胧灿烂的深黄，所有的人都不会像白天那么狰狞。客人有六七成，有的桌子上除了酒水，还有巨大的果盘、精美的提拉米苏之类，并没有人注意到她。

语冰想让自己放松一下。她点了一杯罗丝玛丽，是伏特加和白可可加柠檬汁制成，有一种独特的丝滑甜蜜。

她独自坐在吧台前，品味着美酒，僵硬紧绷的身体开始松懈、软化。

这种感觉可遇而不可求，那就是内心深处淡淡的释然，痛感所有的付出都是值得的。

那些干燥的空气，雾霾，吃土的体验，因为风沙实在太大，像屎一样的盒饭，堵车，望不到头的车尾，拥挤不堪的地铁，各种欺生，歧视，贴地的世俗感受，还有无尽的茫然和绝望。

她是怎么过来的，就像殖民地人一样，疯狂地做心理建设——我是多么多么优秀的牛人，曾经辉煌得亮瞎你们的眼，用以弥补在北京的无依无靠无足轻重。现在的情况就完全不同了，酒吧里坐的全是亲人，都那么耐看、顺眼。连老外酒客都是精英的模样。酒吧里的调调正点至极。调调这种东西纯属审美品位，找不着的人不是土豪就是土著。身体和情绪的感受最诚实。北京就是北京。

她在北京还完成了四大俗事。

带着大壮看升旗，在天安门前照相，参观故宫和吃烤鸭。照相的时候，大壮明显地不自在，隔着她老远，是她一把把他拉过来，搂住了他的肩膀。他的身体可真硬，像石头一样。而小桑君，像树。

语冰还带着大壮去了正义路附近的北翔凤胡同，里面有一家并不起眼的四合院，小门脸上挂着小招牌，便是大名威扬江湖的利群烤鸭店。吃烤鸭，语冰还是偏好老派的鸭子，皮酥、肉香、微油，必须是陈化的果木烤成。大壮显然没吃过正宗的烤鸭，语冰用薄饼裹着鸭肉和葱酱包在一起递给大壮，他接到手里有些迟疑，语冰便自己包了一个卷，大口地咬下去，大壮也学着她的样子咬了一口。顿时，两个人都被酥透、细腻、粉嫩的甜美味道震撼了。

不禁挑起眉毛相视一笑。

然而，这并不是轻松的时刻，语冰满脑子都在想，她该怎么跟大壮开口。之前周经纬已经知道了邓小芬手术成功的情况，语冰在厕所哭完就给他发了微信。大概过了两个小时他便打电话过来，首先表示欣慰，紧接着话锋一转，叫语冰跟大壮谈去美国读书的事。

语冰道:"不合适吧。"

"怎么不合适了?"

的确她也说不出什么原因,又感觉这样一来,根本是对无条件报答救命恩人的一种亵渎。

见她这么犹豫,周经纬坚决道:"夏语冰我告诉你,这是最后的机会,你如果不把握还有下一次吗。王大壮他依旧陷入过去的生活里去,他的人生就完了。"

语冰还是没有说话,尽管她的内心并不这么认为。

但同时理性又告诉她,大壮是需要改变的,难道她付出的所有努力不是为了改变吗?难道她不是为了感动大壮,是来扶贫,是来感动中国的吗?

然而嘴里说出来的却是:"经纬,大壮是读书的材料吗?"

"只要交到我手上,他就是。"

经纬的回答像刀锋一样尖利。当年,为了小桑君不再继续读书的事,两口子产生了前所未有的巨大分歧。在此之前他们可以说从未争吵过,因为价值观趋同,一切都很默契。但就小桑君读书的事,经纬如悬崖勒马寸步不移,以至于在家里每天见面都要写字条交流,否则就会吵起来。最终还是因为小桑君病过,因为害怕他旧病复发,经纬才做出了让步。

这一次,他的态度异常坚决,逢祖见佛,皆在剑下。

"你只要说服他到美国来就行了,别的一切不用你管。"他说。

语冰无言以对,默默挂断了电话。

"你今后有什么打算?"终于,在烤鸭店,语冰假装无意间轻松说出了这句酝酿已久的话。

事实证明大壮还是相当敏感的,他的反应是当场愣住了,咀嚼的节奏越来越慢,又不敢直视语冰的目光。

接下来是漫长的等待。

"我还是想开大货,我喜欢开车。"大壮低沉地回道,后面的话声音渐弱,但语冰还是听清楚了,"我还是想留在青州,陪着我妈。"

"那很好啊,完全没有问题。"语冰故作爽朗地笑道。

当然她的心在流泪。还是小桑君说得对,其实什么都不会改变。

语冰又包了一卷烤鸭递给大壮。"但是你要记住,大壮,"她说,"如果你再遇到什么困难,请第一个告诉我,告诉夏婶。"

大壮接过烤鸭卷,郑重地点头。

语冰看到他的眼角湿润了。

脸上是深明大义,心里仍旧是满满的失落和寂寥。夏语冰忍不住伸出手去,摸了摸大壮的头,连他的头发都是硬茬儿,按都按不倒,从手指缝里倔强地伸出头来。这孩子得经历过多少隐忍才变得这么坚硬无比。

对不起,经纬,你的两个儿子都不爱读书,但他们都是好孩子。而你,还是一成不变的钢铁直男。

如果没有你,我该怎么活。

白光小姐慵懒地唱着。

这时茉莉推门走进了办公室,她整理了一下大班台上的文件,有意无意道:"姐,今天下午要见客户。"

"嗯,知道,你刚才说过一次了。"

"就穿这件毛衣去啊?"

语冰低头看了看自己身上的新毛衣,村里红,胸口绣着粉色的梅花和绿叶子,主要还是腈纶质地,尤显乡里。

不过语冰还是嘴硬道:"这毛衣有那么难看吗?"

"不是难看,是很难看,土,非常土。"茉莉回道,语气毋庸置疑,"我们公司不是乡镇企业好吗?穿成这样,怎么见客户。姐你去趟北京,审美水平直线下降啊,我脑子想爆了也想不明白你怎么会买这件毛衣。"茉莉右手叉腰,头歪向另一边苦口婆心。

语冰心想,这当然不是我买的,这是大壮送给我的。

临走时,大壮把毛衣送到她的房间,有些不好意思,坐都没坐就离开了。他还不太会表达感情,所以浑身不自在,脸都红了。

但这对于语冰已经是意外的惊喜。

每每想到当时的情景,语冰脸上就会流露出蒙娜丽莎般的笑意。

上午十一点四十五分,国航空客平稳地降落在广州白云机场。

因为坐的是最早一班飞机,薛一峰在客舱里睡了一觉,这样下飞机的时候反而比登机时清醒了一些。

他眯缝着眼睛,身上的衣服皱皱巴巴,脸上的皮肤也像一号砂纸,形象就不谈了。不过回家的感觉还是很好。

广州虽然是阴天,甚至有点乌云密布,但是薛一峰心里还是分外晴朗的。

邓小芬的手术成功,这让一直压在心口的石头落了地。他也立刻就在携程网上订了第二天一早的飞机。昨天晚上,他收拾好行李,其实也没什么好收拾的,全是脏衣服而已,每次出差就是拎回一箱子脏衣服。然后环视一下客房,想到至少要跟夏语冰道个别,因为第二天早上五点就要直奔机场。

可是她不在房间里。

于是薛一峰就在招待所的门口边抽烟边等待。

来来去去,各色人等,眼见着门口的人流从稠到稀,夏语冰都不见踪影。闲来无事,一峰打开手机看微信,并没有什么重要的信息,其中夹着茉莉发过来的一条:手术顺利吗?

一峰回道:顺利。如释重负。

茉莉发过来一个笑脸。

薛一峰的眼前出现了茉莉的样子。老实说她都算不上第二眼美女,可以说相貌平平,但是她身材苗条,小胸、腿长,看着不压抑。她身上也没有什么名牌标志,不像有些女孩如行走的奢侈品橱窗展示,一看就是拜金女。而且年纪轻轻处事老到,分寸感把握得炉火纯青。中年的薛一峰还是希望找到一个舒服的人成为伴侣。哎呀怎么想到那里去了。

屈于夏语冰的淫威,一峰从不敢打她身边人的主意。但在这样一个胜利的夜晚,偷不如偷不着的想法还是占了上风。

于是他给茉莉回了一条微信:回去请你吃饭哈。

十分钟之后,茉莉回了一个字:好。

差不多过了半夜十二点,夏语冰才从网约车上下来,有些飘飘然地出现在薛一峰面前。她身上既有酒气也有烟气,不过人没有醉。见到他也并不感到奇怪,只是用眼神询问他,有事吗?

薛一峰说了一些道别的话。

夏语冰耷拉着眼皮表示知道了,径自离开。一峰跟在她的身后,两个人一起进了招待所长长的走廊。

薛一峰正待打开自己房间的门,他听见语冰叫他的名字,便本能地转过身来。他们住的是隔壁间,两个房门离得很近,语冰的一只手也放在门把手上,下一秒就可以走进房间,但是她停住了。

"薛一峰,"她停了三秒钟才道,"小桑君在日本奈良,在一家寿司店打工,一切都好。"说完这话,语冰并没有等待他的任何反应,便进了自己的房间。

门砰的一声关上了。

薛一峰则站在自己客房的门口愣了好一会儿。

每当想到这一幕,薛一峰的脸上都会露出长时间难得一见的笑容。

此时,他叫了一辆网约车先回到家,第一个动作就是把所有的脏衣服塞进洗衣机,然后开始打扫卫生。就算离开的时间不算太长,家里的一切还是灰头土脸,而且因为门窗紧闭,屋里有一股淡淡的霉味,立刻开窗透气感觉才好一些。

利用空当,他煮了一碗出前一丁的黑油方便面,并没有马上吃,而是先去洗澡。然后干干净净地吃面,感觉会比较好。

又在沙发上眯了一会儿,然后才起身去晾晒衣服。

一切处理妥当,时间也差不多了。他决定回公司处理积累下来的公务,毕竟这么多天了,尽管在北京期间也在工作,却也只限于琐碎的小事，稍大一点的事只能等自己回来，统一协调处理。

把家里的防盗门啪嗒一声关上，他歪头想了想，还是决定搭网约车去上班。因为这个时间段，即使是公司的专属停车位，也是很难找到位置的，以往他都要提前一点时间去上班，否则停车就变成一个问题。坐上网约车之后，薛一峰给纳蜜打了个电话，想约她晚上一起吃个饭，北京的事、小桑君的事都想跟她说一说，而且这些事他还能跟谁说呢。

电话打通了，但是一直没有人接听。

这也正常，纳蜜是典型的工作狂。

第二天早上，一峰睡到自然醒。

他在床上伸了一个懒腰，感觉到在北京透支的体力正在一点一点慢慢恢复。身不由己的地方就是江湖，外漂的滋味就是一个字，累，两个字，心累。

好在那么复杂的手术还是成功了，现在想来都有些后怕。

昨天下午回公司后就是一通忙，各种事端，各种处理。晚上又被下属拉去聚餐团建。现在的年轻人你不跟他打成一片，叫他干活的时候他就木着一张脸，满脸写着我跟你又不熟，为什么要为你加班啊。多说一句就走人，曾经有一位，让他回来结算工资奖金，居然说不要了，根本人影不见。年轻就是本钱啊，虽然现在社会上找工难，但是公司企业请工也难，都是一言不合碰碰翻。

年轻人还都是重口味，昨晚吃的是袍哥家的酸菜鱼，脸盆那么大，辣到飞起，一峰只好狂灌啤酒，回到家以后倒在床上便不省人事。

又在床上躺了一会儿,一峰才起床去了洗手间,简单洗漱后,便开车去公司。这样一是停车位比较多,不用担心,二是公司大楼的一层有职工餐厅,应该算是许多公司的联席餐厅吧,本大楼所有公司的职员都可以在此就餐,用专制的餐卡嘀一下就好了,一天三餐保证供应。

停好车去了餐厅,已有不少人就餐,除了白领男女,其中还有公司所在大楼的保安、银行的门卫之类。他们都穿着制服,面孔也相对熟悉。

一峰在窗口买了一份肉蛋拉肠和一碗白粥,咸菜是免费的,他自取了一点放在肠粉上。餐厅很大,他独自找了张桌子坐下,一边吃,一边滑动手机。从昨晚到现在,纳蜜并没有在他的微信上留言。

又翻看了未接电话一栏,仍旧没有纳蜜的来电显示。

这不是她的风格啊。

所以上午十点半,一峰在办公室给梁少武打了一个电话,想问一下是不是培训基地最近工作繁忙。

总算少武正常接了电话。

得知是薛一峰,他仿佛愣住了,有些不可思议道:"薛老师,你还不知道吗,滕主任家里出事了。"

"不知道,什么事啊?"

"她妈妈突然过世了。"

由于实在是太意外,薛一峰啊了一声,就是那种非常短促有力的惊呼,随即问道:"到底怎么回事?她妈妈身体一直很好啊。"

"是啊是啊,可是不知道在哪里摔了一跤,后脑勺着地造成颅内出血,可是那个部位据说是生命禁区,根本不能动手术,人也不醒,这样拖了一个多礼拜,人就走了。"

"那后事准备怎么处理啊?"

"已经基本处理完了,滕主任坚持一个人处理……坚持谁也不通知……不过好像也的确没什么人可通知哈。总之我一直陪着她,算是办完了丧事,暂时告一段落。目前她在她妈妈家里设了灵堂,也不是想接待什么客人啦,主要是想陪陪母亲,所以我们尽量不去打扰她。"

"嗯……太谢谢你了,少武。"

"别这么说,这都是应该的。不过薛老师,得空你还是去看看滕主任吧。那些天我一直陪着她办事,她憔悴得要命,可是一滴眼泪都没有,这不正常啊,你说是不是……"

挂断电话以后,薛一峰在办公台前发了一会儿怔,然后下意识地用双手搓了搓脸,再顺势抱住自己的脑袋。

这无疑是个坏消息,但是他的情感又有些复杂,一方面是深深的疲惫感,怎么就没有消停的时候呢?另一方面又有些许对纳蜜的同情,她其实一直都是一个人,没有家庭,没有孩子,没有朋友,无论校花妈妈在还是不在,她都是一个人作战。男人还好,没有酒肉朋友还有利益兄弟,活得越现实越不感到孤独寂寞。女人需要莫名其妙的互相信任,关系越虚幻友谊才越结实。这样的朋友除了夏语冰,纳蜜从心里就没看上过任何一个人。

然后再把唯一亲手毁掉。

细思极恐。薛一峰永远也不明白女人到底是怎么回事。

空气里游动着一股浓重的檀香气味,淡淡的烟雾笼罩下,可以看到客厅里有一个高至齐胸的黑色柜子,上面放着校花妈妈的黑框遗像,周围是盛开的白百合,也有白菊花,紧贴柜子的是一张方桌,放着骨灰盒,两边是莲花灯,然后是供品,主要是苹果,还有圣水瓶、烛台以及香炉。

若隐若现的音乐是神秘园的《暖光/启迪》,非常悠远绵长的旋律。

薛一峰熟悉这一曲目是因为他一直用来催眠,下载在手机里,在办公室午休时偶尔放一段。名曲的特色就是无事辽远,有事忧伤。所以听到熟悉的音符,心里不是不难过的。

刚才打开门见到他,纳蜜的表情是没有表情。

他也不知道说什么好,重复过程变得没有意义,基本属于补刀,再痛一次。所以一峰也不说话,只是陪着纳蜜在客厅枯坐。纳蜜就坐在一张简易沙发上,目光空洞地望着窗外,并没有显得过分忧伤,但人是消瘦的,神情也有些木然,就是行尸走肉的样子。

坐了好一会儿,一峰去阳台抽支烟,看见阳台上的几盆花草差不多要干死了,都是奄奄一息的样子。其中他只认识剑兰和薄荷,其他的叫不出名字,不过全部是不值钱的,粗生粗养的家常植物,旁边一只空花盆里放着手工铲和喷壶。

他抽完烟,就蹲下身去用铲子给花盆松土,又用喷壶接水,把绿色植物浇了几遍,总不能看着它们干死。

校花妈妈的卧室紧挨在洗手间旁边,里面有一张双人床、一个大立柜和一张梳妆台。看着还算干净,但是靠床一侧的两个窗户,对着房间的纱窗还好,可是透过纱窗,感觉玻璃窗一万年没有打扫了,全是灰尘甚至还有蛛网。估计平时就是拉上窗帘了事。房子够老,纱窗向里开,而玻璃窗是冲外的,薛一峰还使了使劲才推开玻璃窗,立刻闻到灰尘扬开特有的气味,他在鼻子前方挥了挥手,又咳了一下,似乎才能正常呼吸。

他到洗手间找了一条旧毛巾,打了盆水,然后搬过梳妆台前的凳子,爬了上去,站在敞开的窗户上,先开始擦浮灰,一下一下,很慢地完成这些规定动作。

他当然知道,纳蜜需要的不是帮忙或者安慰,而仅仅是陪伴。她孤独得太久了,相依为命的母亲又突然走掉了,心淡到根本无从哭天抢地。

即使什么也不说,还是希望有个熟人在身边吧。

擦窗户的动作自然是单调的,但是一峰还是下足力气,每擦一道,都是浓重的黑灰,洗抹布的水一次就成了墨汁,要不断地换水擦拭,玻璃窗也慢慢从模糊变得明净。校花妈妈这一辈子,怎么说呢,一直想再找一个不错的男人解决自己全部的问题,所以日子过得相当马虎。美女情结始终是她头顶看不见的皇冠,然而她期待的那个男人并没有出现。

一峰又找来拖把,拖了卧室的地板。床底下清理出来的杂物先堆在一边,肯定一件都不能扔,等纳蜜以后处理。整间房子清洁之后,一峰又从柜子里找出干净的床单和枕套,换好,这样一来至少可以住人了,否则纳蜜很有可能就是和衣靠在客厅里的沙发上睡觉。

多年来的单身生活,简直把他训练得雌雄同体了。他想。

厨房反而是意想不到的干净，只有一个空碗，上面整齐地放着一双筷子。旁边有两个方便面的空袋子。

冰箱里什么也没有。

一峰出门去了超市，临走时从鞋柜上拿了校花妈妈家的房门钥匙。

回来之后把冰箱塞满。期间跟纳蜜零交流，纳蜜一直原地原位呆坐着，就像家里没有来人一样。

期间也的确没有一个人上门。记得校花妈妈平时的生活还蛮热闹的，又是广场舞又是旅游，因为她会在微信朋友圈发很多剪刀手的纱巾照。但那些人毕竟是泛泛之交，纳蜜又不想发出郑重通知，每个人都有自己要忙的事。

从超市回来的时候在门口碰到麻奶奶，麻奶奶什么也没说，只是叹了口气。一峰两只手都提着超市的大塑料袋，只是原地停顿了片刻，算是打了招呼。

晚餐，薛一峰做了一个西红柿豆腐，连汤带菜吧，还有一碟芦笋炒虾仁，用电饭煲焖了点白饭。

纳蜜也没有拒绝，两个人在餐桌前默默吃饭。

吃完饭，纳蜜起身收拾了碗筷。因为一峰负责最后包圆，所以还剩下几口饭菜，看见纳蜜站在水池前洗碗，便含糊不清地说道："放在那里让我来吧。"纳蜜背对着他道："谢谢你，吃完你就回去吧。"这是他进屋以后纳蜜跟他说的第一句话。

不知为何，"谢谢"这两个字让他的鼻子有些发酸。

早上醒来，薛一峰想了想才识别出自己睡在校花妈妈的床上,床的另一边空着,看来纳蜜是提前离开了。

昨晚得到纳蜜洗碗时的指令,当然他没有走。人,除了生死也真没有什么大事,所以做出了留下来的决定,陪伴一下必须陪伴的人吧。这种角色他也不是第一次扮演,无论是工作关系还是亲人朋友,总会碰到人生的至暗时刻,他都会感觉到自己的无能为力,唯一能做的也就是默默陪在旁边。再怎么说,纳蜜是这个世界上跟他过从甚密的人,是小桑君的妈妈,自己过去也曾管校花母亲叫妈妈,至少也要让她的在天之灵不会那么寒心。

薛一峰还是坚持自己洗碗,他叫纳蜜去睡一会儿。

半夜,他背对着纳蜜躺下了,他不想纳蜜深更半夜醒来发现自己孤身一人。

也许是太累,他从北京回来后就没有好好休息,所以很快就睡着了。期间醒过一次,看见纳蜜侧身安静地看着他,暗淡的台灯光下,她的脸色苍白,毫无生气。她轻声对他说道:"你打呼噜了。"

"哦。"

"你年轻的时候是不打的。"

"现在也是累了才会打。"

"你再睡会儿吧。"

"嗯。"一峰太困了,他翻了个身准备继续睡下去,但还是不忘使命,咕噜了一句,"小桑君现在在日本奈良,一切都好。"

"谁告诉你的,独立一号吗?"

"夏语冰。"

然后他就睡过去了。

一峰起床,先揉着眼睛在屋里走了一圈,包括客厅、厨房、阳台,房子不大,一眼就溜完了,并没有纳蜜的身影。他折回洗手间,洗手盆上方的镜子映照出他睡眼惺忪的样子,眼袋也若隐若现,真是疲惫的中年啊。

低下头来,看见半管黑妹牙膏,有两支用过的牙刷他当然不会动,便用右手把牙膏挤在左手的食指上,像刷牙那样把牙齿上下擦了一遍,再捧水漱了漱口。洗脸就更方便了,两只手捧水连脸带脖子,然后回到卧室用梳妆台上的纸巾印干。校花妈妈的护肤品化妆品也不少,看着像润肤奶液的一个是卸妆霜一个是护颈露,只好作罢,自己拍了拍有点紧绷的脸。

餐桌上放着一份早餐,煎鸡蛋,两片面包,两片培根,一杯牛奶。全部是他昨天买的食品。

牛奶杯下面压了一张纸条:我上班去了。

是纳蜜的字迹。

一峰吃完早餐,把盘子和牛奶杯冲洗干净。对的,他也要去上班。生活就是这样,不会为谁哪怕停留半个时辰。

走前,他给校花妈妈点上香,然后向着她的遗像鞠躬。这时他想起多年前,在和纳蜜准备结婚前夕,有许多杂事要处理。一天晚上,他在写喜酒宴席的请柬,按照一份校花妈妈钦定的名单,由校花妈妈负责把请柬放进红色的信封。纳蜜不在,好像是买什么东西去了。他记得校花妈妈对他说,我们纳蜜,你要多担待她一点,她的性格不好,死犟死犟的。一峰道,不觉得啊,我看她不声不响还蛮会照顾人的。校花妈妈道,那是她装的,她小时候,四岁半的时候,她爸爸给她买了一双新雨靴,她一直穿在脚上,还穿了塑料雨衣等下雨,等了一天也没下雨,最后还是她爸爸在洗澡房用莲蓬头浇下来代表雨,这才脱了新雨靴肯去睡觉。

那段时间,应该是纳蜜最快乐的时光吧,在爸爸高举的莲蓬雨下面跳跃奔跑,无忧无虑地欢笑。

叫了一辆网约车去上班,路上,薛一峰有些神情恍惚,他是否真的已经离开原生态家庭?为什么会感觉到其实一直都跟纳蜜生活在一起?人的感情世界仿佛一片神秘的沼泽,有时候越想逃离,就越有一种无形的力量让人深陷其中。

圆满幸福就一定是爱吗?他想。

我回来了。

在房门打开的片刻,纳蜜在心里说了一句,算是打了招呼。

第一天上班事情很多,她加班至晚八点,少武说陪她去喝点牛肉清汤,提一提精骨之力。她还是婉言谢绝了,因为实在没有胃口。

打开灯,母亲例牌微笑地看着她。这张照片是纳蜜选的,母亲穿一件藏青色的旗袍,四十开外时的荼蘼年华,风韵犹胜当年的青涩美丽。现在她们终于可以不吵不闹,相安无事地住在一起了。

她着急回来干什么呢,还是想多陪母亲说说话。

文艺作品里总是强调要郑重道别,否则会遗恨终生。而她对母亲的态度一直是轻慢的,甚至有点看不起她,她觉得母亲是一个教科书级别的失败者，颜值上上限，好牌打个稀烂。母亲生前对她来说就是一个甩不脱的麻烦，现在人走了，一句话都没跟她说，也没看她一眼，她才知道母亲是她根本割舍不了的最后的温情。

而且，母亲是被她害死的。

她承认她是一个邪恶的女人，遭遇现世报也无话可说。但是她的人生总是意外频出，就像当年她在百货商店弄丢了王大壮一样，现在也是，换作母亲去给她顶雷，母亲才是真正的女战士。她成全了她，让她求恶得恶。

纳蜜在母亲的遗像前点上一炷香，俯首祭拜。

然后来到厨房，冰箱倒是满满的，但她当真没有食欲，还是煮了一包方便面，只是放了西红柿和一个鸡蛋、一片奶油起司，算是加强版吧。

吃完晚饭，她把一套茶具洗干净。茶托是木质的，下方有便捷的塑料抽屉，方便漏水。她烧开水，冲好了一壶玫瑰花茶，连同整个茶托，端到母亲面前的地板上，人也顺势席地而坐。好在昨天薛一峰把地板擦得很干净。

泡了一会儿，玫瑰花开始散发出淡淡幽香。她倒了两杯茶。

没有音乐，也没有要死要活的悲伤，灭顶之灾的那种恐惧和锥心之痛，在父亲死的时候纳蜜已经经受过了。父亲走的时候，他家里的人都觉得丢脸，不肯露面，只有她和母亲送行。那样的体验也算是终身免疫吧，令她始终都能感受到这个世界冰凉的底色。

人死如灯灭，现在认错也已经晚了。

纳蜜在心里跟母亲对话，感觉总还有一些事情要跟母亲交代清楚，也不枉母女一场。

妈妈，薛一峰说他要给您做一场法事，联系了六榕寺，但是那种在大雄宝殿为一个故去的亲人集体诵经的业务，为的是超度亡灵，可能因为需求太多，已经不开展了。现在是在经堂做法事，而且是一个时段的全部受众在一起诵经，一起为故去的亲人超度，价格合理，效果其实是一样的。这个时间是寺院决定的，应该是后天，我和薛一峰都会去。这一次做法事算是给您郑重其事地送行。纵是我有千般的不好，也请您原谅吧。

您走以后我才知道，要是在这个世界上有一个可以吵架的人，可以发脾气的人，可以肆无忌惮践踏后还给你留灯的人，其实是人生难遇的幸事。如今您走了，我才真正明白什么是孤独，什么是苍茫时刻。

可是妈妈，您也是非常大意的，您的眼里只有男人，您觉得只有他们才是伟大的，是值得依靠的，您是一个坚定的男性崇拜者。而我为什么那么努力工作，当然是因为爱钱，这没错，为了把生活过得体面，这也没错。但是更重要的是，我希望您能为我而感到自豪，我也是可以让您的人生不那么黯然的人。可是在您眼里，我就是一个失败者。我丢了孩子，权且不说这孩子是谁的，失婚，多年孤身一人，于是在您眼里我一无是处。

为什么您到死都不明白男人根本靠不住？这也是我们争吵不断的根源。

妈妈，我知道您目前最关心的还是小桑君的下落，所以您才会几乎每天都跑到富田菊日料店去,您有一种幻想,就是会在那里碰到小桑君,相信他一定会回来上班。当然他没有回来,而您却在那里滑倒了。富田菊日料店并不是走古朴、侘寂的路线,那里显得时尚高端,大量启用玻璃,包括阶梯,所以您一脚踩空了,于是万劫不复,也成全了我的混账和邪恶。

不过还是有好消息的,那就是小桑君的下落找到了。目前他在日本奈良的一家寿司店工作,而且一切都好,您可以放心了。

消息绝对可靠,是夏语冰说的。

说到夏语冰,我们这辈子肯定是形同陌路了。当年有多少相惜相爱,现在就有多少冷酷无情。

我根本不是嫉妒她,我是憎恨她。

因为她夺走了我人生唯一的一次做好人的权利。当年她偷看我的日记,我永远都不会告诉她,其实我暗恋的人就是周经纬。虽然后来事实证明周经纬对我所有的关照,都是因为希望接近夏语冰,希望知道她的一切,但是我还是真心喜欢那个时候的自己。

我学着周经纬去泡图书馆,偶尔他的身边有位,我可以坐在他的身边。人特别多的时候,他甚至还帮我占过位,用他的一件外套或书包。那时的我,学习专心极了。以至于长久以来,我都不能理解女孩子一旦恋爱为什么就没法学习了。

那时候,我曾经站在立交桥上,手里拿着"家教"的纸板,低着头不敢说一句话,等着路人跟我搭话。周经纬不知道怎么得知的这个状况,他总是有办法得到更多的家教信息,会把距离近费用高的需要家教的家庭优先介绍给我。我教得也非常耐心,让孩子的学习成绩有所进步,于是便有其他的学生家长主动来找我,叫我做他孩子的家教。那是我第一次确立成就感,原来我是可以做到的。

周经纬喜欢打乒乓球,为了能跟他交手,我每天晚上拿着球拍对着墙练习接球。所以每次在体育馆跟他打球,他都会说,咦,进步很快啊。他哪里知道我练接球练得手臂都肿了,尽管我做出无所谓的样子。

那段时间,我居然还可以和陌生人微笑,这在以往是不可想象的事情。我第一次认识到陌生人之间是可以表达善意的。

妈妈,那时候我回家会帮您摘菜,还用做家教挣到的钱给您买了一条丝巾,您每天都围在脖子上,还说我怎么突然变得懂事了。

最重要的是我找到了自信,这就是射进我心灵的一束光。在这之前我像只小老鼠一样终日灰溜溜的,我不敢看别人的眼睛,永远低着头或者望向别处。是周经纬妙手回春,无意间打开了我心里的黑匣子,哦,原来我也可以,可以是一个阳光灿烂的女孩,他让我看到了最好的自己。

即使是周经纬出国留学,我也没有感觉特别失落和忧伤,我也不知道哪里来的爆棚的自信心,就是相信他学有所成,一定会回国来接我。这是完全不必担心的事,好男儿志在远方。而且约定不一定要说出来,海誓山盟也可以用眼神表达,周经纬的眼神里满满的都是爱。

当然,他的确如约而归,只是接走的是夏语冰。

直到那时我才知道，当光塔熄灭了之后，人是会掉下来的。周经纬从家里把夏语冰接走的那个晚上，我哭了，哭得很伤心。后来听了一晚上的《昨日重现》，这首歌曲是英文老师推荐的，全班几乎每个人都爱听或者哼上两句。

可是昨日再也不会重现了，哪怕是当时那样的我终究没有再现。后来这盒磁带被我挑出来剪了，剪成碎段，我决定从此以后不再柔肠寸断以泪洗面。

谁不想成为一个好人，可是做好人也需要条件和运气。如果是抽奖，离中奖号码最近的那个人最忧伤吧。

纳蜜抬起头来，望着母亲，她从来没有像今天这样对她敞开心扉。

所有的套路如果放在今天，也许是非常好辨认的。可是当年，对于一个没有丝毫恋爱经验又十分缺少温暖的女孩子来说，就是巨大的陷阱，就会令人毫无抵御能力地掉下去，并且越陷越深。

时至今日，那个女孩子，她不后悔吗？当然后悔，当年自己亲手改写的人生剧本，本以为完全可以掌握在自己手中，结果却成为失控的火车头，撞入了完全未知的世界。看来人生的意义就是证明自身的弱小，无论多么努力，都改变不了什么，都是一点一点地失去，直到一无所有。

寒意是从脊背处一阵阵地袭来，纳蜜在蒙眬中睁开眼睛，发现自己蜷在地板上睡着了。客厅的窗户开着，夜风徐徐。

她起身走进卧室，想先睡一会儿，不管几点钟，她这段时间太累了，身心疲惫。快走到床边时，她的脚被绊了一下，俯身望去，是一个讲究的高级鞋盒，混在一堆杂物里，被薛一峰打扫卫生时清理在侧。鞋盒做得讲究结实，盒盖上还有一行不易察觉的英文：愿你走出迷失，愿你走进幸福。世界上真是有这么扯的事。打开鞋盒，那双高贵的鞋崭新如故，静静地躺在那里。

她醒了。母亲走的时候，她没有找到这双鞋，母亲穿着医院附近小超市买的便鞋走的。而眼前的这双鞋，她一直以为母亲是舍不得穿。后来才知道，朋友孩子的盛大婚礼根本没有请她，请了三辈齐全的人套被子，请了福禄双全的人压场子。喜事图的是吉祥，忽略一些不太体面的人实属正常。

社会就是这样，有一些悲凉是寂静无声的。

这么讲究的一双鞋变成了一个高贵而顽强的伤害。

那天准备去富田菊日料店，她不愿意母亲穿松糕鞋，问起这双鞋子的下落，母亲淡淡回了她，最后还轻叹道，可惜了一双好鞋。那意思是以后也不会再穿了。当时母亲无比落寞的神情，令她至今难以忘怀。

笃笃笃，有人敲门，纳蜜下意识地看了一眼挂钟，已经快十一点半了。这个时间还会有谁来呢？

会是麻奶奶吗？她前两天来敲过一次门，送来一碗银耳糖水。

她说孩子，我能给你妈妈烧一炷香吗？纳蜜说可以，于是麻奶奶郑重烧了一炷香，嘴里念念有声。香毕，她告诉纳蜜，那天下大雨，就是来台风的那天，你妈妈敲开我家的门，劈头就是一句，麻奶奶，您怎么这么老了还当特务？如果不是您打小报告，怎么我的事我女儿第一时间就知道？麻奶奶说，我急忙向她解释，我是真心地关心她，怕她被人骗。

你妈妈说，谁骗我啊，人家都骗小姑娘好吗，谁有工夫骗我啊？

你妈妈还说，前些天人家给我介绍一个男的，七十大几了，挑了一个有三个孩子的妈妈，人家也不会选我。

说完她就走了，麻奶奶说，我想跟她道歉。我刚才就是给她道歉来着。

麻奶奶走后，纳蜜把糖水喝了。不算太甜，很可口，至少熬了四个小时，汤汁非常黏稠。

麻奶奶不会这么晚没睡吧，除了麻奶奶，就是薛一峰，不会有别人了。

纳蜜打开门，出现在门口的是小桑君。

他风尘仆仆的样子，一看就是从很远的地方赶来的。

纳蜜瞬间被电到，她觉得自己会冲上前去紧紧地抱住亲生儿子，再不松手。她全身的血液都沸腾了，大脑却一片空白如在梦中，然而与她的想法形成巨大反差的是她的身体像是凝固了一样动弹不得。大约过了三秒钟，她一把把小桑君拉进了屋里，然后语无伦次道，所有的事你外婆都不知道，所有的错都是我一个人的错，是我亲手毁了自己的生活，跟你外婆一点关系都没有。

直到张皇失措的纳蜜彻底安静下来，束手而立的小桑君才轻声说道："我从来也没有怪罪过你。"他只说了这一句话，似乎含有泪水的眼睛始终真诚地望着她，的确没有半点埋怨与委屈。

纳蜜的眼泪奔涌而出，潮水般一波接一波止都止不住。

看得出来她在竭力克制自己,紧抿的嘴唇微微有些发抖,但仍旧无济于事,眼泪宛如银瓶乍破水浆迸,簌簌而落。

小桑君还想说什么,但是已经被她的泪水吓住,不敢再说下去了。

十八

若到江南赶上春,
千万和春住。

——［宋］王观